小説　ふれる。

著／額賀 澪
原作／映画「ふれる。」

角川文庫
24270

目次

プロローグ

◆小野田秋

潮が引いた岩場に響く自分の足音が、地球の裏側にまで届きそうなくらい大きく聞こえた。

海風に掻《か》き消されそうな、ひどく寂しい音だった。目の前に広がる海の先には何も——本当に何もなくて、だから余計にそう聞こえるのかもしれない。

踵《かかと》が撥《は》ね上げた海水が膨《ふく》ら脛《はぎ》を濡《ぬ》らす。魚釣り用のタモ網の柄を握り直し、小野田《おのだ》秋《あき》は慎重にバランスを取りながら潮だまりを進んだ。

岩場に足を取られながら進んだ先に、フジツボにまみれた小さな石の祠《ほこら》が一つあった。スンと鼻を鳴らし、秋は手にしていたタモ網とビニール製のバケツを岩の上に置いた。

祠の入り口を、岩が身を寄せ合うようにして塞《ふさ》いでいる。秋は躊躇《ためら》うことなくその岩を蹴《け》った。

島の中でも滅多に人が寄りつかない場所だから、秋のそんな行為を咎《とが》める大人はいない。構うことなく、力いっぱい祠を蹴りつける。

ゴムサンダル越しに鈍い衝撃が土踏まずに伝わる。二度、三度と蹴る力を強くしていくと、一番大きな積み石が湿った音を立てて動いた。

じゃぼんと音を立てて石が潮だまりに落ちる。飛び散った雫《しずく》が、小学校低学年にしては長身な秋の頬を濡らす。

積み石をどかして中を覗《のぞ》くと、ふわりと冷たい風が秋の前髪を浮かした。

祠の入り口が小さい割に中は広そうだ。洞窟《どうくつ》が奥まで広がっているのが、吹き出てくる風の匂いでわかった。長い眠りから目覚めて久々に深呼吸したような、不思議な高揚感と喜びが滲《にじ》んでいる。

洞窟に光が射し、暗がりに白く光る糸のようなものが見えた。蜘蛛《くも》の巣だろうか。何本も何本も、キラキラ光りながら揺らめいている。

残りの積み石を慌ててどかして、秋は祠の中に身を滑り込ませた。左のサンダルが脱げてしまったが、構わず這《は》いつくばった。

洞窟の中は広かった。ドーム状に広がる天井から落ちる糸は、蜘蛛の巣ではなかった。星を集めて糸にしたみたいに輝いて、一本一本が生きているのがわかる。

その中の一本に秋は手を伸ばした。

人差し指でちょんとつついた瞬間――空の青さに顔を顰《しか》めた。

糸はもうどこにもなくて、岩場に仰《あお》向《む》けに倒れ込んだ秋は見慣れた青空に手を伸ばしていた。

潮だまりの水の冷たさに背筋がヒヤリとして、慌てて体を起こした。指先に、あの糸の感触がある気がする。

ごそりと音が聞こえたのは、そのときだった。

背後を振り返ると、タモ網とバケツが何食わぬ顔で岩の上に置かれている。

バケツがごそごそと左右に動き、中で何かが蠢《うごめ》いた。

恐る恐る中を覗き込み、秋はそっとバケツを両手で抱えた。来るときよりバケツは少しだけ重い。目的のものに出会えた喜びと、命一つぶんだけ、重い。

バケツを抱えて、秋は来た道を戻った。足取りが軽い。踵が蹴り上げた飛沫《しぶき》が、膨ら脛を通り越してシャツの背中を濡らす。

島に唯一ある小学校のグラウンドに駆け込みながら、秋はタモ網に入れたビニールバケツをちらりと見た。

祠で見つけたソレは、バケツの中で大人しくしている。グラウンドに何人か小学生がいたけれど、秋は構わず駆け足でグラウンドを横切った。

小学校の校舎の一部は「まふれの子学童クラブ」として使われている。外廊下のガラス戸をゆっくり開けると、机が並ぶ学習スペースに学童指導員である脇田《わきた》先生の背中が見えた。

「まあまあ、島の男ならどーんとでっかいココで受け入れてやれや！」

首にタオルを巻いた脇田先生が、自分の胸をドンと拳《こぶし》で叩《たた》いて笑う。その大きな声を面倒くさそうに聞いているのは、秋と同級生の祖父《そぶ》江諒《えりよう》と井ノ原優太《いのはらゆうた》だった。

それだけで、脇田先生が何を話していたのかわかってしまう。

先生はきっと、諒と優太に「秋と仲良くしてやってくれ」と頼んでいたのだ。

そして諒は「やだよ、あいつ、すぐに引っ掻くんだもん」と言ったに違いないし、先生は間違いなく「あいつは口下手なんだよ」とフォローしたはずだ。

「秋の母ちゃんって逃げたんだろ？　どっかに」

脇田先生が教室を出ていくなり、諒が思い出したようにそんなことを言った。ガラス戸の取っ手を、秋は無意識に強く握り締めた。

「まあでも、口下手ってボーリョクを振るっていい理由にはならないよね」

淡々とそう言ったのは優太だった。秋からは優太のかけた眼鏡の縁しか見えなかった。色黒でいかにもやんちゃな顔立ちの諒より、大人しくて真面目で、ちょっとぽっちゃりした柔和な雰囲気の優太にそう言われると、余計にグサリとくる。

「ホントだぜ！　喋《しゃべ》んないですまそうとするなんて、〈ふれる〉じゃねーんだし」

諒の言葉に、肩が震えた。

「あー、そうかも。〈ふれる〉が本当にいたら、秋も違うだろうな」

優太が側の本棚から一冊の絵本を出してめくる。あの絵本はよく知ってる……ここ間《ま》振島《ふれじま》に伝わる〈ふれる〉という不思議な生き物について書かれた絵本だ。学童の先生達がよく低学年の子達に読み聞かせしているし、秋も諒も優太も、何度も読んだことがある。

「何言ってんだよ。〈ふれる〉なんて本当にいるわけねえだろ」

「この島であったホントの話だって先生言ってたじゃん」

話し込む二人の隙をついて、秋は静かに教室に足を踏み入れた。足音を殺して、奥にある冷蔵庫に向かう。

「人と人をつなげてくれる神様ってやつか？」

「そう、相手の考えてることがわかるようになって、喧嘩《けんか》もなくなる」

二人の言葉に聞き耳を立てながら冷蔵庫を開け、学童で飼っている亀のエサのボトルを出した。こいつは……亀のエサなんて食べるのだろうか。抱えたビニールバケツを、秋は恐る恐る覗き込んだ。

「げーっ、秋と繋《つな》がんのかよ。うえ〜」

嘔吐《えず》く真似をする諒に、カッと頭に血が上る。奥歯をできる限り強く噛《か》んだら、ビニールバケツの中身がもぞりと動いた。

バケツがぐらりと揺れる。中身が飛び出さないように慌てて押さえようとしたら、ハリネズミみたいなソレの体毛が掌《てのひら》に触れた。

決して針が手に刺さったわけではなかった。なかったのに、右手に熱っぽい激痛が走る。

「——いっ！」

諒と優太の会話がやむ。ビニールバケツがぽとりと床に落ちる。

「あー！　秋が冷蔵庫開けてる！　いけないんだよ、おやつの時間以外に開けちゃ！」

手を押さえて痛みに呻《うめ》く秋を、ここぞとばかりに優太が指さして注意した。諒が「お前、おれのゼリー取ってねえだろうなあっ？」と躙《にじ》り寄ってくる。

何か言い返してやりたいのに、言葉が出てこない。

「んだよ」

何も言わず視線を逸《そ》らした秋に、諒がイラッとしたのがわかった。

「なんかしゃべれよ！」

口を開きかけ、閉じて、ぐっと唇の端に力を込めた。言ってやりたいことは確かにあるのに、ちゃんとあるのに。

「またそれかよ～。都合悪くなるとすーぐ黙って」

優太が「秋、いっつもそれ～」と歩み寄ってくる。

確かにそうだ。いつもいつも、思っていることが言えない。ムスッと押し黙っていると、相手が「何か言えよ」と顔を顰める。

そして、秋は――。

「ちょっと！」

荒い鼻息をひとつして諒に摑《つか》みかかった秋に、優太が叫ぶ。その優太の顔も秋は鷲《わし》摑《づか》みにしてやった。

「なにすんだよ！」

「痛い！　眼鏡はやめてよぉ～！」

諒にやり返されても構うことなく、秋は彼の鼻を思いきり摘まみ上げた。

「言いたいことあんならなんか喋れよ」

それができたら苦労しない。そう叫ぶ代わりに頰を引っぱたいてやろうとしたら、優太が「わっ！」と悲鳴を上げた。

側のテーブルの上に、ソレがいた。

音もなく、鳴き声もあげず、ただじっと、秋達を見ている。

「ハリ……ネズミ？」

秋から手を離し、諒が呟《つぶや》く。

「ふれる……」

秋は無意識にソレの名を呼んだ。自分達が暮らすこの島に伝わる、神様の名前を。

ハリネズミみたいに全身が細い針状の体毛で覆われた、栗のイガみたいな体。ガラス戸から入る午後の日差しに、体毛の一部が金色に光っている。

小さな丸い鼻はほんのり赤く、目はガラスのボタンみたいにクリッとつぶらで——〈ふれる〉が確かに自分の名前だと言わんばかりに、一回瞬《まばた》きをした。

ふれるの瞬きに、諒が「はあ？」とすごむのが重なる。優太はずれた眼鏡を直すこともなく呆然《ぼうぜん》とふれるの方を見ている。

「お前、久しぶりに喋ったと思ったら……」

尻《しり》すぼみに諒の声が消えた。

ずずずず……と何かが蠢く音が秋の頰を撫《な》でる。

自分達に濃い影が差しているのに気づいた。教室の黄ばんだ蛍光灯の光が途切れて
――巨大な何かが、こちらを見下ろしている。

秋はゆっくりとふれるのいた場所へと視線を移した。諒も優太も同じようにした。

小さなビニールバケツにすっぽり収まるサイズだったはずのふれるの体が、教室の天井に届かんばかりに大きくなっていた。

その体にびっしりと生えた針が、秋達を睨《にら》みつけるようにざわざわと揺れる。不気味で禍々《まがまが》しくて、なのに秋は目を離せなかった。

視界がふれるでいっぱいになって、暗転する。暗闇の祠《ほこら》で見た無数の糸が舞い、遠くに神社の鳥居のようなものが見えた気が、した。

その日、秋は諒と優太と手を繋いで帰った。手にしたビニールバケツからはふれるがちょこんと顔を出していた。

＊

そんな昔のことをどうして思い出したのか、秋は荷ほどきをしながら、ふと考えた。

「ちょっ、速いよ諒！」

「優太の足が短けぇの忘れてたわ！」

家の前の小道で、段ボール箱を二人でせっせと運びながら諒と優太が何やら言い合っている。「はあっ？　短くないし！」と反論する優太に、秋は思わず微笑んだ。前をよく見ていなかったせいで、ダイニングの鴨居に頭をぶつけた。

小学生の頃から背は高かったが、十代の間も留《とど》まることなく秋の背は伸び続け、二十歳の今、百八十七センチの見事な大男になってしまった。おかげでしょっちゅういろんなところに頭をぶつける。

背後の段ボール箱からがさごそと音がしたと思ったら、身じろぎしながらふれるが顔を覗《のぞ》かせた。

自分達の体がどれほど大きくなろうと、ふれるの姿は出会った頃から全く変わらない。

あの日、諒や優太と手を繋いで学童から帰り、人気のない丘の上の資材置き場にふれるの家を作ってやった。三人で、神様をこっそり世話することにした。

その日を境に、三人でいつも一緒にいるようになった。新学期にクラスが離れようと、中学生になろうと、高校生になろうと、波音ばかりが聞こえる変わり映えしない島の生活の中で、欠かさず三人でいた。

浜辺で諒が好きな子に告白して振られるのを秋と優太は見ていたし、中三の夏には同じ浜で秋と諒が殴り合いの喧嘩をするのを優太が体を張って止めた。仲直りした秋と諒の周りを、ふれるが砂を舞い上げながら嬉《うれ》しそうに跳ね回っていた。

　ぽっちゃり体型だった優太がダイエットに成功して秋と諒は心底驚いたし、高校を卒業して諒が免許を取ったらふれるも連れて三人と一匹で島をドライブした。成人式では学童の脇田先生と四人で写真を撮った。

　二十歳の春、ふれるを連れて、三人で島を出た。

　優太が東京で服飾の専門学校に通うことになって、諒も島を出て東京で働くと言い出して、二人が吹かせた風に乗っかるようにして、秋も島を飛び出した。

　島と東京を繋ぐフェリーの甲板から、少しずつ大きくなる大都会のビル群を眺めて感激し、「うお～」「すごーい」と言い合って、レインボーブリッジを潜った。入り組んだ鉄骨の一本一本を目に焼きつけた。

　新宿区《しんじゅくく》の外れ、JR高田馬場《たかだのばば》駅からは徒歩十分、都電荒川《あらかわ》線の面影橋《おもかげばし》駅へも歩けなくはないという距離にあるこの一軒家に、三人と一匹で仲良く辿《たど》り着いたわけだ。

　高田馬場駅周辺の賑《にぎ》やかさから離れた住宅街。引っ越しのトラックが入れないような小道の先に建つ築何年なのかもわからない木造二階建ての家。あちこちに蜘蛛《くも》の巣が張っていたが、ボロいだけあって家賃は格安だ。

　それでも、丹念に掃除をして荷物を運び込めば、三人と一匹の立派な城だった。艶《つや》やかな飴色《あめいろ》の梁《はり》も、花の模様が入った窓ガラスも、ふとした瞬間に響く家鳴りも、すべてが新生活の始まりをワクワクさせてくれた。

「おー、もうこんな時間かあ」

居間の掃除をしていた諒の声に顔を上げたら、台所の窓から差す陽の光がほのかにオレンジ色を帯びていた。

「さすがにお腹空《す》いたね」

同じく居間でスチールラックを組み立てていた優太がそう言うから、秋はシンク下に収納したばかりのフライパンを取り出した。

「なんか作ろっか？　こっちは大体片付いたし」

分担を決めたわけではないが、この共同生活での料理担当は主に俺だろうなという確信があった。なにせ、高校を卒業してからずっと間振島のレストランでバイトしていたのだから。

「んー、いまいち思いつかねえな。腹減りすぎて、一周して何でもいいやって」

首にかけたタオルで汗を拭《ふ》きながら唸《うな》る諒に、優太が「確かに」と頷《うなず》く。スチールラックを組み立てる手を止め、優太は秋と諒を交互に見た。

「どうする？　やる？」

磨いたばかりのシンクを覗き込んでいたふれるが、秋の方をくるりと振り返った。

無言でダイニングに集まってきた諒と優太に、秋は右手を差し出す。優太、諒の順番で手を重ねる。

その瞬間、優太の声が聞こえた。

『疲れたから、あんまり重いのは嫌だなー。映《ば》えるやつがいい』

優太の口は動いていないのに、声はしっかり秋に届く。それに被《かぶ》せるようにして諒の『コンビニは飽きたからなあ』『温かいもんがいいな。汁物』という呟きが聞こえる。

そう、何でもいいと言いつつ、本当はいろいろと注文があるのだ。

秋は秋で、引っ越し初日なのだからちょっと特別なものがいいなと思った。だが、決して裕福な共同生活ではない。できるだけ安く抑えたい。台所の窓際で節約のために豆苗《とうみょう》でも育てようかと計画しているくらいだ。

『じゃあ、まとめると映える汁物？』

『味噌汁《みそしる》は嫌だな』

『面倒くさいから一皿で。味噌は落ち着くからいいよな』

つないだ手を通して三人分の希望を共有して、さらに考える。その思考もすべて、ちゃんと、聞こえる。

『あの学童の』

『先生が作ってくれた』

『土曜の昼飯』

ああ、そうだ。あれは確か……秋が天井を見上げた瞬間、諒と優太が「それだ！」と声を合わせた。

手を離せば、もう二人の声は聞こえない。

「んじゃ、作るか」

秋が冷蔵庫に向かうと、諒と優太は「さっすが秋！」「んじゃ俺、棚片づけちゃうね」とダイニングを出ていく。

冷蔵庫を覗く秋を、シンクの縁からふれるが見ていた。目が合うと、針のような体毛をぶわぶわと揺らし、どこか嬉しそうに体を震わせた。

その日の夕飯は大きな具がゴロゴロ入ったシチューだった。家の二階に大きなベランダがあるから、そこで三人で輪になって食べた。引っ越し初日の晩餐《ばんさん》としては、確かにちょっと特別な感じがした。

「うまっ！　これこれ、味噌シチュー。久しぶりだなー」

シチューは温かなブラウン色をしている。隠し味というには多すぎるくらい味噌が入っているから、秋達はこれを味噌シチューと呼んでいた。島の学童クラブで、土曜の昼食によく出てきたお馴染《なじ》みのメニューだった。

「二人の頭の中の味を再現しただけだよ」

ふれるが三人の心をつないでくれたから、言葉を交わさなくても相手の気持ちがわかる。感情も思考も共有して、懐かしの味噌シチューの味すら伝え合うことができる。

「いやいや、学童のときより彩りもいいし」

優太が映えるやつがいいと言うから少しだけ具の彩りを気にして作ったのだが、「インスタあげよーっと」とスマホを向けているから、お気に召したらしい。

「味もだよ。やっぱ、飯は秋のに限るなー」

昔はあんなに毛嫌いされていたはずの諒に褒められて、秋はこっそり笑った。隣でふれるがカリカリと音を立てながらエサを食べている。体毛のない細長い尻尾《しっぽ》が、楽しげに左右に揺れた。

ふれるは、三人が一緒に食事をしていると機嫌がいい。表情からは全くそれがわからないが、風に揺れる体毛から嬉しそうなのが伝わってきた。

撫《な》でると痛いとわかりきっているから、笑いかけるだけにしておいた。体毛である針が刺さって痛い……かと思いきや、そういうわけでもない。ふれるの体に触れること自体がずきりとした痛みを伴うのだ。

風が吹いた。春らしい、暖かさの中に少しだけひんやりと澄んだ香りの混ざる風だった。

ベランダの向こう、新宿方面に高層ビルが何本も建っているのが見えた。明るすぎる東京の夜空に負けじと、どのビルも煌《きら》びやかだ。

間振島から東京へ。海も見えず、海風も吹かない。三人でよく大の字に寝転がった砂浜もない。

環境は随分と変わったが、不思議と不安や恐怖はなかった。

何がどう変わろうと、この三人と一匹の時間はこれからも続いていくのだから。続いていく限り、何もかも大丈夫なのだ。

第一章　三人の家

◆小野田秋

「もう慣れた？　うちのバイト」

ウイスキーのボトルを丹念に拭《ふ》きながら、ＢＡＲ・とこしえの椅子のマスターはふふっと笑った。

カウンターの中で洗い物をしていた秋は、咄嗟《とっさ》に「あ……」から先が言えなかった。

「はあ……」

「家、近所なんでしょ？　お友達と住んでるんだっけ」

ＢＡＲ・とこしえの椅子は、高田馬場にほど近い雑居ビルの中にある小さなバーだ。マスターとバイトの秋だけで充分回ってしまうほどの規模だった。

「あー……まあ」

「何やってる子達なの？」

カクテルを作る際に使うジガーカップやシェイカーの泡をすすぎながら、秋は「はあ……」と視線を泳がす。諒と優太以外とのコミュニケーションは、相変わらずこの様《ざま》だった。

「学生と、あと不動産関係――」

「秋君、『はあ』って必ず続けるの、やめない？」

呆《あき》れ顔で振り返ったマスターに、また「はあ……」とこぼしてしまい、慌てて口に手をやる。

やれやれと肩を落とすマスターが何か言いかけたとき、店の外から女性の声がして、バーのドアが開いた。

無駄に大きな声で話しながら、常連の男性客が女性連れでやって来た。まだオープンには少し早いのだが、マスターが「ああ、いいよ、どうぞどうぞ～」とカウンターに通してやる。

ここに来る前にどこかの店で飲んできたらしく、二人のテンションは高かった。

「ねえマスター、この人ヤバいの、人の心が読めるとか言ってんの」

連れの女性がケラケラと笑うのを尻目《しりめ》に、秋は二人の前にそっとクラッカーとアボカドディップののった小皿を置く。

「愛想なしボーイ君、まだ続いてたの」

静かにその場を離れようとした秋に、常連客はにやにやと笑いながら声をかけてきた。

「お前の心、読んであげよっか？」

こちらは何も言ってないのに、秋を指さしたまま、常連客は「ん〜〜〜」と楽しげに唸《うな》る。

「――なんだこの親父、ぶっ殺すぞぉっ！」

突然の大声に、秋も、マスターも、連れの女性も肩をびくつかせた。それの何がそんなに面白いのか、常連客はにやにやを引っ込めることなく「って、思ってるよな？」と聞いてきた。

うわ、面倒くさい面倒くさい。勘弁してくれ。本音を顔に出さぬように頬に力を入れた。驚いて飲んでいたカクテルを噴き出した女性に、無言でおしぼりを差し出す。

「おい、なんとか言えよ。ねえお前、その態度さ、接客業としてどうなの？　でかい図体《ずうたい》して、ただのでくの坊？」

摑《つか》みかかってやろうかと一歩前に出そうになった秋の腕を、マスターが素早く摑んでいた。

「そこは僕が拭いておくから、秋君はほら外……氷っ、氷買ってきて！」

常連客が「ああっ？　やんのかコラ！」とすごみ、女性が「あんたやめなよ、何絡んでんの」とやり合う中、マスターは有無を言わさなかった。「氷、買ってきて」と秋にエコバッグを持たせ、店の裏手に追いやる。

「ほら、何飲む？　竹鶴の21年入ったから～」

にこやかに客に向き直るマスターを尻目に、店の裏口から外に出て、秋は両手で顔を覆った。とりあえずマスターに言われた通りにしようと、路地を抜けて神田川《かんだがわ》沿いの道に出る。

コンクリートでガチガチに工事された神田川が目の前を流れ、涼しい風が吹き抜けていた。少しだけ、本当に少しだけ、頭が冷静になる。

「びっくりした～冗談やめてくださいよ～ホントに～……言えねえ、なんだよあのおっさん」

口臭《くせ》えんだよ……呟《つぶや》いた瞬間、ニット帽を被《かぶ》った若い男が道を駆けてきた。

「ぃで！」

秋に思いきりぶつかったと思ったら、謝るどころか「ぼさっと突っ立ってんじゃねえ、デク野郎！」と吐き捨てて走り去る。

女性ものの鞄《かばん》を、乱暴に握りしめて。

なんだよあいつ、と舌打ちしそうになったとき、前方から「見つけた！　泥棒！」

と女性の声がした。

通りから飛び出してきた二人組の若い女の子が、ニット帽の男と揉《も》み合っている。背の高いロングヘアの子と、もう一人は反対に背の低い大人しそうな女の子だった。

「返してよ！　鞄だけでも！　それお給料貯めて買ったんだから！」

背の低い方の子が、髪を振り乱してニット帽の男が持った鞄を引っ摑《つか》む。あまりに必死なその背中に、一緒にいたロングヘアの子が息を呑《の》んだのが秋にはわかった。

おいおい、ひったくりかよ。秋が頰を引き攣《つ》らせたとき、ニット帽の男はあろうことか「くっそ、しつけえ……！」と鞄の持ち主の腹を蹴《け》り飛ばした。ロングヘアの子が「奈南《なな》！」と叫んだ。

ひったくり犯は鞄を抱え、来た道を戻る。秋の目の前を走り抜けていく。

「ちょっと誰か、警察！　ひったくりです！」

倒れた友人の肩を抱き、周囲に助けを求める甲高い声が響く。側を、目を合わさないようにして歩いていく会社員風の男が一人。人は大勢いるのに、みんな彼女達を見ないふりしている。助けるのは自分の役目ではないという顔をしている。

「ねえ！　誰か！」

ロングヘアの子の何度目かの叫びに、秋は走り出した。

高田馬場駅周辺は雑居ビルが入り組んだ息苦しい作りをしている。その中をひったくり犯はバタバタと進んでいった。ときどきこちらを振り返っては、苦々しげに秋を睨《にら》みつける。

脚力には自信があるわけでもないわけでもない。百メートル走も持久走もごくごく普通の成績だった。追いかけたはいいが果たして捕まえられるのか。

秋の予感は当たって、何度か角を曲がっているうちに犯人の背中は遠ざかり、ついには見えなくなってしまった。

くそっ、と吐き捨てかけたとき、見知った道に出た。駅から家の方へ抜ける通りだった。

コインパーキングの先に、会社帰りの諒と学校帰りの優太の姿があった。道の先に向かって諒が「危ねえな」と顔を顰《しか》めていた。

「優太、諒!」

二人の前で立ち止まり、肩で息をする。あまりの必死ぶりに、諒も優太も目を丸くした。

「秋? 何やってんだお前……」

「ちょ、ちょっと落ち着いて」

「あれ、あの……あー……」

言葉が続かない。「俺ら、これからお前の店に寄ろうって話してて」と言いかけた諒の手と、「ふれるのごはん、買っておいたけど」と鞄からドッグフードの袋を取り出した優太の手をむんずと摑んだ。

『怪しい奴、見なかった？』

秋の問いかけに、二人の声が掌《てのひら》を伝わって流れ込んでくる。

『怪しい奴？』『緑の帽子の？』『そいつ！　ひったくり！』『あいつか』『それならまず警察に……』『女物の鞄持ってた』『危ないよ、関わらない方が』『店の前で、女蹴って』『優太にぶつかって走っていった』『酷《ひど》いな』『イライラする、あの客……』『もう無理でしょ』

息が整うのに合わせて、二人の声が秋を冷静にしていく。

『追いつきたい』

秋の声に、諒と優太の言葉が重なる。

『この道の先、工事してた。川の方にしか行けないはず』

『回り込めるかも』

よし、と思った瞬間には走り出していた。背後から「おい、秋！」と諒の声が飛んでくるが、前しか見ずに走った。

ビルとビルの間を走る細い路地を抜けて再び神田川沿いの道に出ると、諒の予想通り通行止めを迂回《うかい》してきたらしいひったくり犯が曲がり角からふらふらと現れた。

秋の姿に気づいて、慌てた様子で再び走り出す。大きく息を吸って、追いかけた。

道行く人がただならぬ雰囲気の秋をギョッと見つめるが、構わなかった。

神田川には点々と細い橋が架かっている。しつこく逃げ回った末、ひったくり犯は源水橋《げんすいはし》と名前の彫られた橋の真ん中で力尽きたように足を止めた。

「お前、しつけえなあ……」

欄干に両手を突いて、肩を上下させながら秋を睨んだ。

「なんなんだよ、あの女の知り合いなの？」

ざらついた呼吸を繰り返しながら、秋は返答に困った。

「別に……」

「はあっ？　じゃあなんなんだよ！　暇人かよ！」

「いいから、返せよ」

右手を差し出し、犯人に躙《にじ》り寄る。観念してくれるかと思いきや、男は苦々しげに「ああ、じゃあもういいよ！」と叫んだ。

そのまま鞄を大きく振りかぶって、神田川に投げ捨てようとする。慌てて犯人に飛びついて、ギリギリのところで鞄の持ち手を摑む。

「放せよ！　お前ホントなんなのっ？　関係ねえなら引っ込んでろよ！」

黙ったまま鞄を引っ張る秋に、男は声を荒らげる。大粒のツバが秋の頬に飛んだ。確かに関係ない。でも、ここまで来て「では俺は関係ないので」と立ち去れるわけがない。

そのとき、視界の隅を丸く小さな影が走り抜けたのが見えた。

「なんとか言えよ！」

さっき鞄の持ち主にしたように、犯人が左足を振り上げた。避けようとしたとき、秋の足の間からぽーんと勢いよく何かが飛び出した。

鋭い針のような体毛に覆われた、見慣れた小さく丸い影。

蹴り上げられた犯人の足に思い切り体当たりして身を翻したのは、間違いなくふれるだった。

「……ふれるっ！」

ふれるに体当たりされ、男は「痛ってえー！」と悲鳴を上げて鞄から手を離した。しかも、その反動でバランスを崩し、橋の欄干からひっくり返るように、落ちていく。

ああ、ダメだ。花の彫刻が施された欄干の向こうに犯人の爪先《つまさき》が消えるのを、秋は呆然《ぼうぜん》と眺めていた。

そこに飛び込んできたのは、真新しいスーツの裾《すそ》をはためかせた諒だった。欄干から身を乗り出し、なんとか犯人の足音を掴《つか》んだが――。

「あ……」

諒が短くこぼしたのが聞こえた。ずるっと乾いた音を立て、男の足首は諒の手を滑り落ちた。

一拍置いて、橋の下からバシャンと水音が響いた。歩道に倒れ込んだ秋の肩を、いつの間にか優太が支えていた。

手を伸ばしたまま呆然とする諒の隣から、秋と優太は恐る恐る神田川を覗《のぞ》き込んだ。

このあたりは水量がそう多くないのだが、上手《うま》いこと一回転して足から落ちたらしく、犯人は浅い川の中で尻餅《しりもち》をついていた。

大きな怪我はなさそうで、秋はほっと胸を撫《な》で下ろした。諒と優太が全く同じようにしていて、三人分の溜《た》め息《いき》が見事に重なった。

「あー、あいつ！　あいつです、ひったくり！」

神田川を撫でるように、甲高い声が響く。あのロングヘアの女の子が、友人と警察官を引き連れて「お巡りさん、早く！」と怒鳴っていた。

「ど、どうしよ、警察来た」

周囲を見回した優太に、三人の視線が自然と歩道できゅるきゅると丸くなるふれるに向く。

「ふれる、隠さねえと……」

「あ、俺、エコバッグ持ってる」

　小さく折り畳まれたエコバッグを広げ、慎重にふれるの体に被《かぶ》せたとき、背後から「あの！」と声が飛んできた。

　優太が「え、誰？」と背後を振り返る。秋と諒は慌ててエコバッグにふれるを押し込んだ。

「あの、その鞄《かばん》……」

　汗だくの顔で不安そうに秋の手元を指差したのは、鞄の持ち主の女の子だった。「かばん？」と揃って首を傾げた諒と優太の間を割るようにして、秋は揉《も》み合いの末に取り返した鞄を彼女に差し出した。

　秋が尻餅をついたときに地面に擦れて少し汚れてしまったが、幸い壊れているようには見えない。

「あの、ちょっと汚れたけど」

　身長差があるせいだろうか。彼女が小さく身を引いた気がした。

「あ、いえ、本当にありが……」

　とう、と続けようとした彼女の目が、すーっと見開かれる。手から提げたエコバッグがゆさゆさと揺れ、何十本という針が布地を突き破って飛び出した。

「あっ！」

慌ててエコバッグを体の後ろに隠すが、間違いなく見られた。鞄を抱え、彼女はあんぐりと口を開けたままでいる。

「秋、行くぞ！」

諒に呼ばれ、秋は慌てて「じゃ……」と彼女に一礼した。何か言いたそうにこちらを見ているのを振り切り、もぞもぞと動くエコバッグを抱えてその場から逃げ出した。

ひったくり犯は果敢にも川を遡《さかのぼ》って逃走を試みているらしい。警官が「コラ！　待ちなさい！」と犯人に向かって叫びながら川岸を走り回っている。あとはプロにお任せしよう。

＊

玄関のドアを開け「ただいまー」と言いかけたら、ドア枠に思いきり頭をぶつけた。額を摩《さす》りながら靴を脱ぐと、諒がタオルで髪を拭《ふ》きながら脱衣所から出てきた。

「おう、早かったな」

「まあ、今日はいろいろあったし」

早く上がれたのはよかったが、質《たち》の悪い客に絡まれたりひったくり犯を追いかけたり、慌ただしい一日だった。

「そっちこそ、まだ起きてたの？」

「んー、もう寝る」

そう言いながらも、諒は冷蔵庫から出した麦茶をマグカップに注ぐ。

「優太は？」

「学校の課題だろ。あ、優太、怒ってたぞ。あそこのサッシ、やっぱり開けっぱなしだったって」

麦茶を手に居間の座布団に腰を下ろした諒が、縁側のサッシを指さして肩を竦《すく》める。

秋達が仕事や学校に行っている間、当然ながらふれるはこの家で留守番をしている。今日の戸締まりの責任は、夕方の出勤に合わせて家を出た秋にあった。

昨日の夕飯に使ったニンジンの切れ端を水に浸して再生させようとしたのと（伸びた葉を食べられるらしい）、一昨日《おととい》から育て始めた豆苗《とうみょう》の育ち具合を確認した覚えはある。だが、縁側のサッシを閉めた記憶はなかった。

「そうだよ、もっと気をつけないと」

優太がふくれっ面で居間にやって来た。抱えたカゴの中で、ふれるが機嫌よくくるくる回っている。久々に外出できて楽しかったのかもしれない。

「勝手に外に出て騒ぎになったら、一緒にいられなくなるかもしれないんだから」

「でも、ふれるの言い伝えなんて知ってるの、島の奴らだけだろ？」

諒の言う通りではあるのだが、いかんせんふれるは——。

「まあでも、特定外来生物とかと思われてもアウトだしね」

輸入禁止のアフリカの珍しいハリネズミが街に逃げ出した、なんて騒ぎになりかねない。妙に人懐っこいから、道行く人に平気でついて行く可能性もある。

「人助けだからって、ひったくり相手に無茶するのもアウトだよね」

優太にじろりと睨《にら》まれ、秋は無言で目を逸《そ》らした。優太はふれるを秋に預けると、洗面所に歯を磨きに行った。

カゴの中からふれるが顔を出し、鼻をひくつかせる。それを見ていた諒が、台所から開封したばかりのドッグフードの袋を持ってきた。

「なんだ、晩飯足りなかったか？」

ふれるのエサ皿にドッグフードを少しだけ出してやると、カゴを飛び出したふれるが転がるように皿に顔を突っ込む。

「これ、当たりだったわ。前より全然食いつきいいもん」

ふれるにご飯として長いこと与えていたエサが終売してしまい、新しいものをあれこれ試していたのだが、なかなかふれるのお気に召すものが見つからなかった。こいつはグルメな神様なのだ。

「おー、ホントだ」

勢いよく皿を空にしたふれるを眺めていたら、歯ブラシを咥《くわ》えた優太が諒の背中をトンと蹴《け》った。「おう」と諒が猫背になる。

数秒おいて、諒が「悪かったよ！」と顔を顰《しか》める。大方ふれるの力を使って、こんな時間に食べ過ぎるのはよくないと小言を言ったのだろう。

「ったく、ふれるの力、便利に使いやがって」

「でも、実際便利だよね」

しみじみと頷《うなず》いた秋に、歯ブラシを上下に動かしながら優太が「ほお？」と首を傾げる。

「はあえてもふかえるぶん、すわほのほうが」

離れても使えるぶんスマホの方が便利、と言いたいらしい。

「確かにふれるって、隠したいことまで伝わっちまうからなあ」

「わざわざ喋《しゃべ》るの面倒だし、隠し事もない方が楽でいいと思うけど」

歯ブラシを咥えたまま、優太が「えー……」と秋を見る。諒までが「そんなんでよく客商売やってんな」と呆《あき》れ顔だった。

それでも、喋るのが苦手な自分にとって、喋らなくても言いたいことを伝えられるのがどれほど楽か。

「あ、そういや大家から、次の更新で家賃値上げするかもってうちの店に連絡来た」

諒の働く不動産屋は都電荒川線の鬼子母神前《きしぼじんまえ》停留場の側にある。この家もその不動産屋が管理する物件だった。驚く秋と優太に、諒はお手上げだとばかりに溜《た》め息《いき》をついた。

「俺らが大掃除するまで借り手のいない廃屋だったのによ。欲出しやがって」

苛立《いらだ》たしげに諒が卓袱台《ちゃぶだい》に手を伸ばすから、麦茶入りのカップを手に取って渡してやる。一瞬だけ、諒と指先が触れ合う。

『まあ、同じ不動産屋同士、わからんでもないけどなあ……』

なんて諒の心の声が聞こえる。きっと秋の『がめつい、なんだよ、足下見やがって、ムカつくあの大家』という子供っぽい愚痴も聞こえたはずだ。

でも、諒は涼しい顔で麦茶を口にするだけだ。

「あ、コラ！　ふれる、もうおしまい！　ダメだって！」

ドッグフードの袋に顔を突っ込んだふれるに、諒が飛びつく。優太が「うるさいよー」と洗面所で口を濯《すす》ぎながら笑ったのが聞こえた。

諒だけじゃなかった。ふれるの力で互いの本音が見えるようになって、つくづく思った。諒も優太も腹の中は真っ白で、悪口も悪巧みも、マイナスな考えもほとんどない。

互いの声を聞き合う中でときどき、自分ばかりが子供で、愚痴っぽくて、短気で、性格が悪いと思い知る。すべて聞こえているはずの二人がそれすら何も言わず平気な顔でいるのを見ると、一周回って心配になるくらいだった。

そんな清い心でさ、あいつらは世の中を渡っていけるのかね。自分の方がよほど危ういだろうに、どうしたって心配してしまうのだ。

秋の思考を読んだように、諒にドッグフードを没収されたふれるがこちらを見上げた。感情の見えない真ん丸の目が、蛍光灯の下でくりんと光った。

◆井ノ原優太

「それじゃ、ウェディングはそれぞれの班で二パターン出して」

担任の先生のそんな一声に、実習室は途端に騒がしくなる。「どうするー？」「時間きつくね？」「この前の課題終わってないのに～」なんて声が四方から飛び交う中、優太は誰にもバレないようにこっそり溜め息をついた。

トルソーやミシンがぎっしりと並ぶ実習室からは、新宿の高層ビル群がよく見える。蛍光灯の白い明かりが窓ガラスに反射し、居心地悪そうに揺らめいた。

振り分けられた実習班のメンバーと合流すると、長井《ながい》という女子学生が「で、誰がリーダーやる?」と早速切り出した。他のメンバーに優太が視線を巡らせると、長井と仲のいい辻本《つじもと》がテーブル越しにこちらを見た。

「優太さんでよくね? 年上だし」

思わず「は?」と辻本を見た。下の名前で呼ぶのに、一ミリも親しみが籠《こ》もっていない。厄介ごとは人付き合いの悪い年上に任せておこうという本音が、語尾から滲《にじ》んでいる。

高校卒業後にそのまま専門学校に入ってきた彼らからすれば、二十歳の優太は間違いなく年上なのだが。

「あー、優太さん、ちょっと頭抜けたお洒落《しゃれ》さんだし。今日の色合わせって、島独特の文化でしょ?」

クラスではお調子者として人気のある山口《やまぐち》が、優太の真っ青なシャツを指さす。優太から言わせれば、こいつはお調子者ではなく失礼でデリカシーのない奴だった。

「え、そういうわけじゃ……」

新宿の服飾専門学校となれば、髪型やファッションが個性的な学生はいくらでもいる。髪の毛がピンクだったりグリーンだったりするのは序の口で、全身に棘《とげ》が生えた服だったりとんでもない厚底靴だったり頭部が電飾でクリスマスツリーみたいに光っていたり、優太には到底真似できないような着こなしで授業を受ける学生だって多い。

優太の青いシャツは確かに色鮮やかだけれど、彼らに比べたら全然大人しい……いや、地味な方だ。

「やっぱ海のイメージ？」「しまんちゅ半端ねえ！」なんて言い合って、班のメンバー達はゲラゲラと笑う。本当に面白くて笑っているのか、優太のファッションセンスを嘲笑《あざわら》っているのか、ノリが悪く学校に友達もいない年上の同級生は弄《いじ》ってOKと思っているのか、判断できなかった。

「あ、ははは……」

笑っておかなきゃ、空気が悪いよな。絞り出した愛想笑いに、無意識にテーブルの下で両手を握り込んでいた。

教室の隅でスマホをチェックしていた副担任の島田《しまだ》が、こちらをちらりと見る。目が合った。「よしよし、楽しく実習してますね」と言いたげに笑った島田は、すぐさまスマホに視線を戻してしまう。

結局、実習班のリーダーは優太になった。断れるわけがなかった。

◆小野田秋

「それじゃ、組合の会合行ってくるけど……」

鞄《かばん》を抱え、BAR・とこしえの椅子のマスターは心配そうに秋の顔を見た。

「大丈夫だよね？」

はあ……と言いかけ、慌てて「あ、大丈夫です、多分」と言い直す。マスターに不安げに首を捻《ひね》られてしまった。

「じゃあ行くけど、この前みたいな態度は本当ダメだからね。お願いね！」

時間が迫っているのだろうか、マスターは足早に店を出ていった。ゆっくりと閉まる扉に合わせ、秋はグラスを拭《ふ》きながら小声で祈った。

「誰も来ませんように、誰も来ませんように……」

しかしそんな願いも虚《むな》しく、閉まったばかりの扉が軽快に開いてしまう。いらっしゃいませという言葉は、やって来た客の顔を見たら消えた。

「よーす、やってるよな？」

会社帰りの諒だった。後ろから優太までが「来たよー」と顔を出す。

「明日《あした》は俺、休みだし、秋のところで飲むかって」

「また事件起こしてないか、見張りも兼ねてね」

にやにやと笑いながらカウンター席に腰掛けた二人を前に、ホッとしてしまった自分に気づく。

「……起こさないよ。で、何にする？」

「俺、ハイボール」

「こういうところはカクテルでしょ」

カウンターに頬杖《ほおづえ》をつき、優太はギムレットを注文した。優太がドヤ顔でカクテルの知識を披露するのを尻目《しりめ》に、二人分のグラスを用意する。優太に言われるがまま、諒はジョン・コリンズを頼んだ。

「お、竹鶴の21年あんじゃん。それで作って」

「マスターに殺されるぞ？」

さすがにマスターのいないうちに竹鶴の21年に手をつける気にはなれず、代わりにノンエイジのピュアモルトで作ってやることにする。

たいして上手《うま》くもないのだが、シェイカーを振ると諒と優太は子供みたいな顔で歓声を上げた。

「こんなんできたら絶対モテるだろ」

からかい半分に聞いてくる諒に、シェイカーの中身をグラスに移しながら秋は肩を竦《すく》めた。まさか、普通の接客にすら難儀しているというのに、モテるわけがない。

「いいなあ、優太もさ、服飾の学校なんて女子が腐るほどいるだろ」

「男も女もないよ。みんなライバルだし」

「いいじゃねえか、ライバルでも女がいるだけよ。うちの事務所なんて男ばっかの体育会系だもん」

深々と溜《た》め息《いき》をついた諒を尻目に、優太の前にギムレットを置く。竹鶴のピュアモルトのボトルを取り出した秋を見て、諒は「竹鶴かぁ……」と天井を仰いだ。

「そのへんの鶴でも助けてさあ、かわいい女の子になって恩返しとかに来ないかなあ」

「そのへんにいる鶴って――」

優太の声を遮るように、再び店の扉が開いた。マスターがいない日に限って客足が好調らしい。

いらっしゃいませ、と言いかけて、少しだけ開いた扉からこちらを覗《のぞ》き込む二人組の女性に、秋は「あ」とシェイカーを振る手を止めた。

「あー！　や、やっと見つけた！」

大声を上げて店に駆け込んできたのは、数日前に鞄をひったくられていた女の子だった。一緒にいたロングヘアの友人らしき女性も、店内に探るような視線を巡らせながら入ってくる。

「あの私、先日助けてもらった……」

互いに顔を見合わせた諒と優太が「鶴っ！」と叫んだ。ジョン・コリンズをグラスに注ぎながら、秋は竹鶴のピュアモルトと、「つる？」と首を傾げる彼女達を交互に見やった。

＊

玄関を開けて、女性もののパンプスが二足並んでいることにギョッとなってしまった。

終電などとっくになくなったというのに、居間から楽しげな声が響いてくる。諒の声だ。自分の担当した物件の間取りがいかに変だったかを調子よく喋《しゃべ》り、「絶対ウソ！」とよく通る女性の声が続いた。

「お、お帰り。店は大丈夫だった？」

優太がダイニングに顔を出す。後ろには――あの日鞄をひったくられた浅川《あさかわ》奈南が恐縮した様子で秋を見ている。

あのあと、すぐマスター帰ってきたから……言いかけた秋に、奈南が意を決した様子で「あ、小野田さん」と声を上げる。

「お店ではすみません、ちゃんとお礼できなくて」

「仕方ないでしょ、急にお客いっぱい来ちゃったんだし」

機嫌よく笑った優太が、「でも」と言葉に詰まった奈南を居間へ誘う。混み出したバーで秋とマスターがせっせと働いている間に、随分と打ち解けたようだ。

「秋、早く来いよ」

　どうやら、諒も同じらしい。居間には奈南の友人だという鴨沢樹里《かもざわじゅり》が、まるで自分の家かのようなリラックスぶりで缶チューハイを呷《あお》っていた。切れ長の大きな目と、勝ち気な凛《りん》とした眉《まゆ》が正面から見ると印象的だった。

お礼として持ってきたのだというロールケーキを前に、奈南は改めて秋に頭を下げた。

「もうホント、ありがとうございました！　来月の家賃下ろしたばっかだったの、もう命の恩人だよ！」

ロールケーキはばっちり開封され、人数分に切り分けられていた。秋の帰宅がもう少し遅かったら、諒あたりが「もう食っちまおうぜ」とかぶりついていたに違いない。

「助かったよ……えっと、小野田さん」

姿勢を正した樹里に、諒が勝手に「秋でいいよ！」と笑う。

「ていうか、俺らだって協力したんだって」

「それは聞いたって、ありがと」

三人で暮らしてきた家の居間に奈南と樹里という異物がいる光景を、秋は黙ったまま見つめていた。諒は助けた鶴がロールケーキを持ってお礼にやって来たことにご機嫌だし、優太は優太で奈南と学校の話で盛り上がっている。

「それにしても奈南ちゃん、清水服飾学院に行ってたなんて偶然すぎ、先輩だったんだ」

「二年前だけどね。今は働きながら――」

どうやら、そういうことらしい。同じ専門学校の先輩後輩だったわけか。

隣に座る諒の手に、秋は無言で手を伸ばした。指先が触れる。

『ほいほい家に来るって、尻軽《しりがる》じゃない？』

表情を変えることなく、諒に問いかける。

『優太は奈南ちゃんか。なら樹里を……』

ニヤリと口の端を吊《つ》り上げたままの諒からそんな声が聞こえてくる。

『お前の店が忙しくなるから』

『いや初対面の男となんて』

会話にもならない細切れの本音をぶつけ合っていると、樹里が「トイレ貸して」と
座布団から腰を上げた。秋は慌てて諒から手を離した。

「清水服飾もよかったんだけど、他にもいろいろ興味があって」

「へえ～、そっか、だよね。いろいろ試してみるって大事だよね」

「そうかな？　ありがとう」

諒の『優太は奈南ちゃんか』というのは、どうやら本当らしい。優太の口数がもの

すごく多くなっているわけではない。変にテンションが高くなっているわけでもない。ただ幼馴染《おさななじ》みだからこそ、優太の言葉尻がいつもより少しだけ弾んでいるのがわかる。

「それで今は……」

優太が言いかけたとき、トイレの方から「ひゃあっ‼」という甲高い悲鳴が飛んできた。

慌ただしい足音をまき散らして居間に戻ってきた樹里に、秋も諒も優太も「あ」と目を瞠《みは》った。

「洗面所にボサボサが！　ガサガサで！　トゲトゲで！」

座布団を蹴《け》っ飛ばし、秋は洗面所に駆け込んだ。

「ふれる！」

流し台の前で、ふれるがコマみたいに体をぐるぐると回転させている。秋に気づくとピタリと動きを止め、針をいっぱいに広げる。樹里の言う通りボサボサがガサガサでトゲトゲだった。

ふれるには表情らしい表情がほとんどないが、それでも怒っているのがよくわかる。

「ふれる？　ふれるって、それの名前？」

樹里が背後で騒いでいる。秋は思わず「なんで、こんなところに」と呟《つぶや》いた。

「女子が怖がると思ってここに……」

洗面所を覗き込んだ諒に、ふれるが勢いよく飛びかかる。どうやら、洗面所に閉じ込められて放っておかれたことに大層お怒りらしい。体毛だけでなく、尻尾《しっぽ》までが怒りでピンとそそり立っている。

「痛ってえ！　ちょ、秋、どうにかして！」

逃げようとする諒の背中で、ふれるが跳ね回る。乱れた髪をそのままに、樹里が口元を引き攣《つ》らせて諒とふれるを見下ろした。

「ど、どうにかって……ちょっと待ってて」

風呂場《ふろば》に洗面器を取りにいった。これは特別美味《うま》いものでも食べさせてやらないと機嫌を直してくれないかもしれない。

「ふれる、悪かった！　悪かったって！　痛っ！　秋ぃ！」

洗面器でふれるを捕まえようとしても、器用に避けられてしまう。ふれるはそのまま諒の背中や尻に体当たりした。あれは確かに痛い。

「やっぱり、見間違いじゃなかった……」

ダイニングの暖簾《のれん》の隙間から、奈南がこちらを呆然《ぼうぜん》と見ている。隣にいた優太が「え？」と彼女を見た。

「あれって、この前助けてもらったときにもいたでしょ？」

優太が「あー、どうだったかな」とはぐらかすが、秋は洗面器を抱えたまま溜め息をついた。エコバッグから突き出たふれるの針に、気づかないわけがないか。

「やっぱり、見間違いじゃなかった！」

興奮混じりの奈南の大声に、諒の「早くしてくれ～」という懇願が掻《か》き消される。

◆鴨沢樹里

始発の山手線《やまのて》は閑散としていた。少し疲れた様子で座席に腰掛ける奈南を、樹里はつり革に摑《つか》まったまま見下ろした。

「ちょうどよかったね、あそこ」

何のことか説明しなくても奈南には伝わる。自分達と同じ二十歳の男が三人で共同生活をする一軒家。本当に、ちょうどいい。

「うん、結構広かったよね。ふれるも可愛かったし」

ペットにハリネズミを飼うなんて珍しい男子達だなと思った。針を出して人の上で跳ね回るのは勘弁してほしいけど、奈南が気に入ったならいいか。

「男がいる方が、絶対安全だしね」

それに――。この車両には自分達しかいないのだが、念のため周囲を窺《うかが》ってから、声のトーンを落とす。

「秋と諒とかいう二人、できてるっぽいし」

「え？」

目を丸くする奈南に、思わずふふっと笑ってしまう。

見えたのだ。仕事から帰宅した秋という背の高い男が、楽しげに話す奈南と優太を眺めながら、諒と手をつないでいたところを。

「まあまあ、面倒なことにならないだろうってこと」

「……でも、あの優太君って子」

「大丈夫だよ」

伏し目がちに肩を落とした奈南に、樹里はできるだけ力強く「大丈夫だよ」と言った。自分がこう言えば、奈南はちょっとは安心してくれる。昔からそうだった。

「あいつならもう、学校にはいないって」

だから、もう大丈夫。言葉に出さず頷《うなず》くと、奈南は「そうだよね」と薄く微笑んだ。

電車ががたんと音を立てて揺れた。乗客のいない車両に、その音がいつも以上に大きく響く。

ふと頬に視線を感じて、樹里は顔を上げた。電車の進行方向に視線をやるが、やはり誰もいなかった。

◆井ノ原優太

同じクラスで、同じ実習の班なのに、どうして声をかけるのにこんなに尻込みしてしまうのだろう。

「ねえ、ここのレースの処理なんだけど」

デザイン画を手に意を決して話し出した優太に、長井は「ああ、そこはリーダーお願い！」と両手を合わせた。でも、ちっとも申し訳なさが伝わってこない。

「うちらトレーンで手一杯だし」

「あ、でも……」

今回の実習の課題はウェディングドレスだ。ただでさえ手間がかかる題材だし、後ろ側の裾にあたるトレーンはドレスのシルエットを決める重要な部分でもある。

でもレースの処理だってそれなりの……いや、一人でやるとなったら、かなりの作業になる。

「お、これ、やばくね？」

どう言えば波風立たず済むものかと困惑していた優太を輪から追い出すように、お調子者の山口がスマホを差し出す。ああ、もう、こいつは本当に……お調子者ではなく、ただの失礼でデリカシーのない奴だ。

途端に班のメンバーは作業の手を止めてスマホに夢中になってしまう。長井までが「うそ、それヤバすぎ!」と謎の動画に夢中になる。

めっちゃバズってる。やば〜!　そんな楽しげな笑い声が、「この話はおしまい。あとはリーダーよろしく」と優太を閉め出した。

結局、作業はろくに進まず昼休みになった。優太以外のメンバーは当然という顔で揃ってランチに行ってしまう。「リーダーも一緒に行こうよ」なんて言う人間は、もちろんいない。

一人でやることになってしまったレースの処理をどう〆切《しめきり》までにクリアしようか考えながら、優太は中庭に降りてベンチに腰掛けた。

淡い色の空を仰ぎ見たら、自然と欠伸《あくび》が出た。朝方まで奈南や樹里と騒いでいたんだから、当然だ。

奈南と樹里にふれるが見つかり、あのあとはふれるを愛《め》でる会になってしまった。部外者にふれるの存在が知られて大丈夫なのか心配ではあったが、幸い二人とも「ペットの珍しいハリネズミ」という説明に納得してくれた。

洗面所に閉じ込められて不機嫌だったふれるも、初めて見る奈南と樹里に「かわいい、かわいい」と構ってもらえて、コロッと機嫌を直した。

布団に入った頃にはすっかり空が明るくなっていて、学校のある優太は二時間ほど仮眠を取って出かける仕度をした。秋と諒も一応起きてきて、三人で朝ごはんだけは食べた。

別にわざわざ三人一緒に食べなくてもとは思うのだが、みんなで朝ごはんを食べないと、ふれるが怒るのだ。早く全員で「いただきます」をしろとばかりに、優太達の背中や尻に体当たりする。

半分寝ている胃袋にご飯と味噌汁《みそしる》を詰め込んで、優太は憂鬱《ゆううつ》な気分で学校へ来た。昨夜は楽しかったし、秋の作った朝食は相変わらず美味《うま》かったのだが、それでも憂鬱だった。水曜が定休日の諒と、夕方から出勤の秋が今日ほど羨《うらや》ましかったことはない。

「優太」

三度目の欠伸を盛大に解き放ったら、副担任の島田が自販機コーナーから足取り軽くやって来た。

「……島田先生」

二本指でひょいっと気障《きざ》な挨拶《あいさつ》をして、島田は優太の隣に腰掛けて優雅に足を組んだ。島田先生はちょっと古いタイプのナルシストだよね、とクラスの誰かが言っていたのをふと思い出した。

「うちの学校、実技の共同作業が多いからさ。でも、リーダーやっとくとのちのちいいこともあるから」

唐突に、なんの前振りもなく、島田はそんなことを言い出す。「え？」と首を傾げた優太の顔を、じっと見つめた。教師を舐《な》めるんじゃない、という顔だった。

「気になってたんだよね、優太のこと。俺もここの卒業生だからさ、なんか悩みとかあったら聞くから」

なんで下の名前で呼ぶんですか、なんて質問はできなかった。抜群のセンスやテクニックを持っている学生も、奇抜なファッションの学生も、自己主張や承認欲求の強い学生も、手のかかる不真面目な学生も大勢いる中、そのどれでもない自分を気にかける人がいたことに驚いた。

気障で、ちょっとナルシストっぽくて、あとチャラそう。島田のイメージは入学以来そんな感じだったが、優太はそれを心から反省した。

◆祖父江諒

「申し訳ありません！」

勢いよく頭を下げたら、上司が呆《あき》れ顔で眉間《みけん》に手をやったのがわかった。

事務所の中は静かだった。カタカタとキーボードを叩《たた》く音、遠くで電話や来客対応をする同僚の声が聞こえるくらいだ。

諒は自分の爪先《つまさき》を見つめたまま、「申し訳ありません」と繰り返す。

「お前さ、捨てカンくらい普通につけてこいよ。なに職質されてんだよ」

捨て看板、通称・捨てカンは、不動産業界に足を踏み入れた新人が必ずお世話になる存在だ。街中の電柱によく貼られている、大仰な宣伝文句で物件情報を記した看板やチラシのことをいう。先輩から「捨てカン貼ってこい」と命じられ、新人は街を走り回る。

しかしこの捨てカンは名前の通り使い捨ての粗悪なものなので、当然ながら周辺住民からは嫌がられる。家の前に勝手に貼られ、雨風に晒《さら》されて朽ち果てるのだから、当然だ。

「ったくよ〜、いつまでたっても使えねえな」

今にも舌打ちしそうな上司と頭を下げたままの諒の間にすーっと入ってきたのは、二歳年上の先輩だった。

「いや、そいつ、とんだやり手ですよ」

ニヤリと笑って、来客用のカウンターを指さす。

「ご指名のお客さん」

こちらに向かって手を振っていたのは、鴨沢樹里に他ならなかった。

先日またみんなで飲もうと約束して別れたのだが、まさかこんなに早く再会することになるとは。

「ホストクラブじゃねーんだぞ……」という上司の呟《つぶや》きをよそに、何やら不敵に笑う彼女から諒は目が離せなかった。

◆小野田秋

聞き慣れない話し声で秋は目を覚ました。

がたがたという足音の向こうから、諒でも優太でもない、女性の話し声がする。

「やっぱ広いよね」

このよく通る声は——鴨沢樹里じゃないか？

「二階行こう、二階！　気になってたんだよね～」

こっちの声は間違いなく浅川奈南だ。階段を足取り軽く上がってくる音が響いてきて、秋は寝ていたマットレスから慌てて体を起こした。

直後、部屋のドアが開く。

「お、ロフトがある～。のぼれのぼれ～」

二階には部屋が二つあって、実習で使う道具やら服やら荷物の多い優太が一部屋を使い、秋と諒はロフトのある部屋で寝起きしている。秋がロフトで、諒が下のベッドを使っているのだ。

ロフトの梯子《はしご》を意気揚々と上ってきたのは、やはり奈南だった。

「え」

秋の顔を見た途端に一時停止されたみたいに動きを止め、子供っぽい笑みが潮が引くように消える。

彼女がひゅっと息を吸うのと、秋が口を開くのが同時だった。

秋の「うわあああー！」と奈南の「ひゃあああー！」が見事に重なって、築何年かもわからないボロ家を揺らした。

一階から樹里が「奈南っ⁉」と叫ぶのが聞こえた。

「だから、諒が空いてる部屋を使っていいって言ったの。で、とりあえず下見に」

悪びれもせず説明する樹里に、喰《く》い気味に「嘘だ」と吐き捨てた。

「そりゃ、あなたが知らないのはしょうがないよ。今日急に決まった話だし」

「じゃなくて！　諒がそんなことするはずが……」

居間で奈南に猫じゃらしの玩具《おもちゃ》で遊んでもらうふれるを尻目《しりめ》に、秋は首を横に振った。

秋にも優太にも相談せず、この家に他人を住まわせるなんて。どうして、よりにもよって諒がそんなことをするのか。

「は？　私が嘘ついてるって？」

ぬるりとこちらを睨《にら》んでくる樹里に、奥歯を噛《か》む。こちらの方がずっと背が高いのに、奇妙な威圧感がある。

「……俺達は、わかるんだ。互いの、考えてること、とか。だから」

「なんか気持ち悪い」

はたき落とすみたいに樹里は両腕を組んだ。猫じゃらしを振る手を止め、奈南が「樹里ちゃん？」とこちらを見る。

「考え方までお揃いのお友達？　みんな違ってみんないいじゃん」

秋の目をまっすぐ見据えたまま、樹里は当然という顔で言い切った。どうして、人の目をそんなにじーっと見つめて話せるのだろう。人の目を見るのが、人と言葉を交わすのが、彼女はどうして怖くないのだろう。

「……相田《あいだ》みつをかよ」

苦し紛れに捻《ひね》り出したら、ふっと鼻で笑われる。

「残念、金子みすゞ」

玄関のドアが開いたのは、そのときだった。「ただいま〜」と呑気《のんき》に入ってきたのは、ことの元凶である諒に他ならなかった。

靴を脱ぎかけた諒の腕を引っ張り、秋は家を出た。怪訝《けげん》な顔をした諒だったが、玄関に樹里と奈南の靴があるのを見て、すべて察したらしい。

「なんだよ、そろそろ仕事に行く時間じゃないのか？　俺も仕事の途中で」

「それどころじゃないだろ！　なんでこんな大事なこと勝手に」

中にいる奈南と樹里に聞こえるのもお構いなしに、喉《のど》を張った。

「一刻を争う緊急事態だと思ったからさ！」

秋に対抗するように、諒も声を荒らげる。「緊急事態？」と息を呑《の》んだ秋の顔を見て、溜《た》め息《いき》交じりに両腕を組んだ。

「奈南ちゃん、ストーカーがいるんだと」

「は？」

ストーカーだよ、と諒が繰り返す。

「でも、だからって」

「防犯しっかりしたところに空きがなくてよ。うちなら男もいて安心だし！」

ナイスアイデアだろとばかりに胸を張った諒に、秋はもう一度「だからって」と足掻《あが》いた。

「ま、新居が決まるまでだからさ。樹里ってすげー友達想いだよなー。派手な見た目で魅惑のギャップっていうか」

「だからって！」

「だからってだからってうるせえぞ！　仕方ねえだろ、こういうの――」

もう決まったことだからと言いたげな諒に、腹の底が煮えくり返った。胸ぐらを摑《つか》んでやろうとしたら、諒にギリギリのところで避けられる。

「ちょっ、なんだよ。口で言えよ、口で！　悪い癖だぞお前！」

そんなの昔からだろ。リーチの長さを活《い》かして諒を玄関前の塀に追い込んで、押さえつける。別に殴り飛ばしてやろうとは思わないが、かといって「それは仕方ないな」とも言いたくない。

「ちょ、やめっ、おい！」

事前に相談するだろ普通――言い出しかけたとき、背後で玄関のドアが開いた。

「あのー、これからの予定を……」

言いかけた奈南が固まる。数十分前のデジャブかと思えるほど見事に、頰を強《こわ》ばらせる。自分達の状況をよくよく確認してみる。男二人で痴話喧嘩《げんか》でもしているようだった。

「……お邪魔しました」

奈南はそのままドアを閉める。直後、ドアの向こうから「じゅ、樹里ちゃーん！」

と叫ぶのまで聞こえた。

「お、おい、なんか誤解してるぞ！　絶対なんか誤解してるって！」

話を聞いてくれ〜と玄関に手を伸ばす諒をよそに、秋は深々と溜め息をついた。どうやら、この突然の共同生活は避けようがないらしい。

「……何してんの？」

ジャリッと砂を踏む音がした。視線をやれば、筒状の図面ケースを背負った優太が、困惑顔でこちらを見ていた。


奈南と樹里は、数日後には荷物を抱えて秋達の家にやって来た。居間の隣の和室が、彼女達の部屋になった。

秋同様にあとから話を聞かされた優太は二人を……というか奈南を歓迎した。結局、最後まで共同生活に反対したのは秋だけだった。

洗面所には奈南と樹里の歯ブラシとコップが並ぶようになり、茶碗《ちゃわん》も箸《はし》もグラスも五人分になった。一本しかなかったふれるの猫じゃらしはいつの間にか四本に増えた。

共同生活がスタートした初日の朝、洗面所のドアを開けた奈南がパンツ一枚で歯を磨いていた優太と諒と遭遇するという事件も早々に起きた。樹里に知られたら大目玉を食らうかと思いきや、彼女は朝があまり得意ではないらしく、気づかれずに済んだ。

三人分の食器を並べても余裕のあった居間の卓袱台《ちゃぶだい》が、五人分の朝食でいっぱいになるようになった。油断すると隣の人間に肘《ひじ》をぶつけ、食器と食器がぶつかって乾いた音を立てるのが当たり前の朝の光景になった。

寝起きで機嫌の悪い樹里が秋の味噌汁《みそしる》を飲むと笑顔になると知って以来、朝はできるだけ美味《うま》い味噌汁を作ろうと心に決めた。樹里のためではない。平和な朝食のための、ささやかな努力だ。

あっという間に、三人の家は五人の家になった。

新居が決まるまでの一時的なもののはずなのに、この変化はそう易々《やすやす》と元に戻らないような予感が秋にはした。

第二章　五人の家

◆小野田秋

冷蔵庫を開けて中を確認しながら、思わず「うわ、マジか」と呟《つぶや》いていた。

そう大きくない安物の冷蔵庫は、この家の住人達が詰め込んだお菓子や飲み物で混沌《こんとん》としていた。冷凍庫も確認してみたが、似たような状況だった。

アイス、お菓子、飲み物、ヨーグルト、いろんなものに持ち主を示す付箋《ふせん》が貼ってある。奈南のものには「な」、樹里のものには「じゅ」という具合にサインが入っていた。「みんなでどうぞ！」とふれるらしきイラストつきの付箋が貼られた棒アイスの箱は、筆跡からして奈南が買ってきたらしい。

買ってきた食材をどうしまおうかとエコバッグを見下ろすと、諒が暖簾《のれん》の隙間から「おかえり」と顔を覗《のぞ》かせた。

見るからに厄介ごとが起こったという顔で、眉間《みけん》に皺《しわ》を寄せている。

「何？」

「いや～、誤解は解けたんだけどよ」

「誤解？」

説明しかけた諒を押しのけるようにして、樹里が険しい顔で台所にやって来る。

「あ、秋君、帰ってきてたの？　ちょうどよかった」

有無を言わさず連れていかれたのは、洗面所の前だった。古びた木製のドアに、カピバラのマスコットがぶら下がっている。

「これがかかってるときは、何があっても絶対に開けちゃダメだから」

ばん、とドアを叩《たた》き、樹里は何故か瞳《ひとみ》をすごませた。破ったらただでは済ませてもらえない顔だった。

「洗濯は？」

「絶対」

「歯を磨くときは……」

「絶対！　あとで細かいルールもプリントアウトして渡すから」

なんで急に……呆然《ぼうぜん》と呟いた秋に、諒が「あ～それが……」と頬を掻《か》く。

「あんた達が本当に付き合ってないなら必要なの。男女で暮らすんだから！」

秋と諒を交互に睨《にら》みつけながら、樹里は回し蹴《げ》りでもするように言い切った。

「まあ、秋は生活時間帯的にあんまり関係ねえだろ」

樹里に気圧《けお》されっぱなしの諒に、恐る恐る「誤解って？」と聞く。がっくりと肩を落としながら、諒は「あのなあ」と呻《うめ》いた。


秋と諒が付き合っているだなんてとんでもない誤解だったが、樹里も奈南も本気でそう思っていたらしい。帰宅直後に樹里から真相を聞いた奈南にいたっては、十分近くゲラゲラと笑いっぱなしだった。

とっぷりと日の暮れた住宅街を歩きながら、秋は飽きもせずその話をしている奈南と諒の背中を見つめた。

「コンビニくらい、何もみんなで行かなくても」

独り言のつもりだったのに、優太が振り返って「いいじゃん」と笑う。

「全員揃ってなんて珍しいいし」

確かに、日中は諒も優太も樹里も奈南も、仕事なり学校なりに行っている。夕方から深夜にかけては秋の仕事時間だ。五人全員で一緒に出かけるなんて、これまでもこれからも滅多にないだろう。

今日はＢＡＲ・とこしえの椅子が定休日で、たまたま他のメンバーも夜には帰ってきた。諒がコンビニにアイスを買いに行くと言い出して、なし崩し的に全員で行くことになったのだ。

「それに、ふれるまで……」

樹里と諒が持ち手を片方ずつ持って運ぶカゴの中に、秋は視線を落とした。見られているると気づいたのか、中で丸くなっていたふれるがくるっと秋を振り返る。

同じくらい軽やかに、樹里が秋を見る。

「たまには散歩くらいさせてあげなきゃ」

「けど……」

口ごもった秋に、奈南が「やっぱ、見られちゃまずい子なの？」と秋達三人を見回した。

「あー、いや……」

絞り出した優太を蹴っ飛ばすように、樹里があははっと笑う。

「じゃあいいじゃない！　せっかくだから、少し遊んでいこうよ」

徒歩数分のコンビニに行くはずが、神田川沿いにしばらく歩いたところにある区立公園まで行く羽目になった。野球場にテニスコート、ドッグランまであるかなり大きな公園だが、九時を回った園内には人影は全くない。

せっかくだからとふれるをカゴから出してやった。諒がどこかからフリスビーを見つけてきて、「ふれる！」と叫んで投げる。

照明の下で白く光るグラウンドを、ふれるは跳ねるように走って、器用にフリスビーを口でキャッチした。諒と奈南と樹里が歓声を上げた。

「やるな、ふれる。ほら、貸して」

フリスビーが気に入ったらしいふれるは、優太がフリスビーを取り上げると抗議するように彼の足に体当たりした。

優太がフリスビーを投げると、ふれるも一緒にくっついてくる。キャッチした諒が鋭い回転をかけて樹里の方へ投げたが、意外にも樹里の動きは鈍くて取り損ねた。彼女の肩に当たったフリスビーが地面を転がり、秋のところにまでやってくる。

「もー、笑いすぎ」

ゲラゲラと笑う諒に釣られてふふっと声を上げたら、樹里が「そっちもね！」とこちらを指さした。なんで聞こえるんだ。

「こっちちょうだーい！」

両手を振る奈南に向かって、フリスビーを緩く投げてやる。

だが、秋が思い描いたような軌道を描かず、フリスビーは奈南から大きく逸《そ》れてしまう。彼女は被《かぶ》っていたバケットハットを片手で押さえ、軽やかな横跳びを披露してフリスビーを摑《つか》んだ。

優太と諒が「すごーい！」「ナイスキャッチ」と拍手をする中、樹里がこちらを振り返って「ノーコン」と鼻で笑った。さっきの仕返しのつもりらしい。

諒と優太と奈南、そしてふれるはフリスビーに夢中になり、いい歳をしてキャッキャと黄色い声を上げてグラウンドを走り回った。

下手くそな樹里と最初から乗り気でない秋は、次第に側の階段に腰掛けて見ているだけになる。

普段は「あ、」と前置きしてから話すことの多い奈南が「行くよー！」なんて大声を上げ、華麗なステップで振りかぶる。

「運動神経、いいんだな。逆かと思った」

その姿を見て思わず、秋は呟いてしまった。立ったまま三人を眺めていた樹里が、ちらりと秋を見る。

普段の樹里と奈南を見るからに、スポーツが得意なのは樹里だろうと思い込んでいた。素直にそう話したら、意外にも樹里は怒らなかった。

「子供の頃って、運動神経がすべてってとこあるじゃない？　奈南はヒエラルキー高いところにいるのにさ、気ぃ使いで優しいから、いつも引っ張ってもらってた」

「幼馴染《おさななじ》みなのか」

「奈南は人の気持ちに敏感なぶん、流されやすいっていうか、心配なこともあるけど」

　黙ったままの秋を見下ろし、ふっと肩から力を抜くように樹里は笑う。

「まあでも、タイプが違ってもわかりあえてるってさ、普通にいいよね」

「え？」

「君達のこと。よく知りもしないで、こないだ、ごめん」

　え、どれのことですか。首を傾げかけ、樹里達が家に下見にやって来たとき、俺達は互いの考えていることがわかると話した秋に、彼女が「なんか気持ち悪い」と言い放ったのを思い出した。

「俺らも、ガキの頃から一緒」

「諒とか、悪ガキだったでしょ」

「いや、俺の方が断然、問題児だった」

　諒も確かに悪ガキではあったが、子供の頃の秋に比べたらずっとマシだった。言いたいことが言えず、言葉より先に手が出てしまうような子ではなかった。

「俺んち、親がすげー忙しくって、いつもピリピリしてたから、話しかけるのも大変で。そのうち喋《しゃべ》ること自体が面倒になった」

　両親に話しかけて、鬱陶《うっとう》しがられたり邪険にされたりするのが怖かったのだと思う。ただでさえあまり良好とはいえなかった両親の関係に、自分が原因でひびを入れたくなかった。

ひびなんて、とっくに入っていたのに。

「そしたら、腹の中に汚い気持ちがいっぱい溜《た》まっていって、ますます口に出すのが嫌になって。だったら、手を出した方がまだ楽だった」

怒りや苛立《いらだ》ちを体の外に出す一番楽な方法が、相手を引っぱたくことになった。最低だった。

「暴れん坊だった？」

「そりゃあもう。でも、あいつらと仲良くなって、わかり合えるように……」

いや、そうじゃない。

「違う、なんか、受け入れてもらったっていうか。とにかく、それからすごく楽になった。まあ、相変わらず喋るのは苦手だけど」

でも、まあ、一緒に楽しく生きられる奴らがいるのは、やっぱりいいな。そう続けようとした秋を、「ねえ、ちょっといい？」と樹里が遮る。

顔を上げると、樹里がキョトンとした顔で秋の隣に屈《かが》み込んでいた。

「秋君、めっちゃお喋りだよ、今」

めっちゃお喋りだよ。

樹里の言葉を喉《のど》の奥で反芻《はんすう》して、反芻して、反芻して、何になるかわからないが口元を手で隠した。

そんな自分のことを、樹里がニヤニヤと笑いながら見ている。

「なにそれ」

「私、嫌いじゃないよ。お喋りなやつ」

だから、なんだよそれ。咄嗟《とっさ》に顔を逸《そ》らした。

どうしてこんなにベラベラ喋ってしまったのだろう。いつもは言いたいことも言わずムスッとしていて、そのせいで余計に相手を苛立たせるのに。

なのに、ふわりと胸と喉が温かくなって、言葉が自然と込み上げてくる。

「あ、ありが……」

図体《ずうたい》に似合わない感謝の言葉は、グラウンドから飛んできた優太の「おーい！」に木っ端微塵《みじん》に掻《か》き消された。

「いつまで休んでんの〜？」

優太がこちらに両手を振る。諒が「そうだぞ、早くこいよ！」と大リーガーみたいなフォームでフリスビーを投げた。

「おーう！」

樹里が立ち上がり、背中まである長い髪を揺らして走り出す。

立ち止まって、秋を振り返る。

「ほら、行こっ！」

白い歯をにっと覗《のぞ》かせた樹里の顔に近くの街灯の光が当たって、眩《まぶ》しかった。

フリスビーを投げ合う輪に樹里が加わる。運動が得意でないのは本当のようで、彼女が投げたフリスビーは怖いくらい明後日《あさって》の方向に飛んでいった。

さっきまで一緒に走り回っていたふれるが、少し離れたところでその様子をまじまじと見ている。秋はゆっくり立ち上がり、二人の幼馴染みと、突然現れた二人の同居人の輪に入っていった。

「ふれる！」

諒がふれるを呼ぶ。鋭い体毛を揺らし、ふれるは諒の投げたフリスビーを追って土煙を上げながら大きく跳ねた。

そんなふれるを目で追いかけていたら、グラウンドの外れ――フェンスに隔てられた駐輪場の側の木々のあたりに、人影を見たような気がした。

「あ！　ごめーん！」

優太が取り損ねたフリスビーが、秋の目の前を転がっていく。拾い上げて再び見たときには、人の気配など全くなく、ただ木が生い茂っているだけだった。

◆井ノ原優太

服飾専門学校の校舎を初めて見たとき、心が躍った。大都会の真ん中、流行の最先端と胸を張っても誰も怒らない街でファッションの勉強ができるのだと。

都庁にもコクーンタワーにも京王プラザホテルにもヒルトン東京にも負けじと胸を張る校舎を見上げる数ヶ月前の自分の目は、きっとものすごく輝いていた。

なのに、今の井ノ原優太の目は、きっとカサついた覇気のない色をしている。

いつかは青空の下で輝いて見えたビルも、自分を押し潰《つぶ》そうとしているみたいな重苦しい威圧感があった。

今日の実習でやるべきことを一つ、また一つと思い浮かべたら、自然と足が止まってしまった。

どうせ面倒で地味で大変な作業は全部リーダーである優太に押しつけられ、班の他のメンバーはそこそこに大変でそこそこに目立って達成感のあるところばかりをやりたがる。

何か言ったところで、「リーダーお願いしますよ」と笑って拒否されておしまいだ。

言い返そうものなら、人数と声の大きさと、彼らの謎の一体感と陽気なノリで優太が押し負ける。

立ち尽くす優太を、同じ学校に通う学生達がどんどん追い抜いていく。

楽しそうだったり、真剣な眼差《まなざ》しだったり、眠そうだったり、友達と大口を開けて笑い合っていたり——自分と同じ気持ちの人間なんて、この場所には一人もいないのかもしれない。

なんでこうなっちゃったかな。喉の奥で呟《つぶや》いたら、自然と踵《きびす》を返していた。ああ、これは、今日はもうダメだな。

そう思ったとき、前から「やあ」という、ちょっと気障《きざ》で馴《な》れ馴れしい声が飛んできた。

副担任の島田がひらひらと手を振っていた。

◆小野田秋

みじん切りにした野菜から染み出た水分とホールトマトが煮え立つフライパンをヘラでかき混ぜながら、秋はぐつぐつという小気味いい音に耳を澄ませた。徐々に音から水分が抜けていくのに合わせ、混ぜる動作を小刻みにしていく。

BAR・とこしえの椅子のカウンターで料理をするのは好きだった。家と違って調理器具も揃っているし、コンロも作業台も広い。料理をしていて気持ちがいい。

火を弱めようとしたところで、店の扉が開いた。

「あら、いい匂い」

入ってきたのは上等な背広を着込んだ白髪の男性と、これまた上等そうな着物を着た女性だった。男性は英国紳士みたいな髭《ひげ》まで生やしている。

「本当だ。ここは食事も出すのかな」

髭を揺らして聞いてきた男性に、秋は「え」とフライパンに視線を落とした。二人も揃ってカウンターを覗き込む。その仕草がよく似ていて、ぼんやりこの二人は夫婦なのだろうなと思った。

「いや、ないです。これは賄いで」

「んじゃ、それでいいや。それちょうだい」

「あ、私にもね！」

二人は品のいい動作でカウンターの椅子に腰掛けてしまった。女性の方が楽しみだわ～と言いたげに秋を見上げる。

なんだこの強引な老夫婦は。どうして、マスターがいないときに限って。溜《た》め息《いき》を堪《こら》え、秋はコンロの火を止めた。上手《うま》く断るより、さっさと食べて帰ってもらった方がトータルで早く終わる気がした。

秋が作っていたのはキーマカレーだったのだが、あえてご飯ではなくクスクスにかけるつもりで用意していた。肉と野菜がみじん切りになったキーマカレーと、ぽろぽろと粒状のクスクスが合うと思ったのだ。小麦粉が原料でパスタの一種らしいから、カレーをかけても失敗はない……はずだ。

クスクスとキーマカレー、それにピクルスとオリーブを添えて二人の前にそっと置くと、一口食べた女性が「あっ」と口に手をやった。

「これ好き！　フルーツみたいな甘味があって、ちゃんとスパイシーで」

カレーを咀嚼《そしゃく》し、じっくり味わうように目を細めながら、男性も大きく頷《うなず》く。

「クスクスの中のナッツがいい食感だね。カレーとのバランスもいい」

秋が最もこだわったポイントを、微笑みながら指摘してくれた。クスクスの食感が単調な気がして、アクセントになればと砕いたミックスナッツを混ぜ込んだのだ。

「この甘味はドライフルーツかな」

「はあ、あー……えっと、店にある乾き物、中途半端に開いてるのがいろいろあったので、それで……」

「すごーい、ひらめきマン！」

満面の笑みで女性がスプーンを口に運ぶ。顎《あご》を上下させるたび、二人は「美味《うま》いよ」「美味《おい》しい」と頰を緩ませた。

食べてさっさと帰ってもらおうと思って出したカレーだったが、これはこれで、悪くない。

「……ありがとう、ございます」

「照れちゃって、可愛い」

「こらこら、ママちゃん」

だってホントに可愛いんだもの～ドキドキしちゃう。ちょっとちょっとママちゃん。なんて若いカップルみたいなやり取りをして笑い合う二人を前に、秋はこっそり掌で口元を覆った。

多分、今、自分は褒められたことが嬉《うれ》しくて笑ってしまっているから。

＊

昼過ぎに目を覚ましたら、一階から諒の鼻歌が聞こえてきた。階段を下りると徐々に歌声が響いてくる。随分とご機嫌だ。

そうか、今日は水曜だ。不動産業界の貴重な休日だ。諒は昼間から風呂《ふろ》に入っているらしい。

「こんな時間に風呂？」

洗濯機に洗濯物を放り込みながら聞くと、歌声が途切れる。

「人が増えて最近ゆっくり入れなかったからよー。休みの日くらい、いいだろ。樹里も奈南ちゃんも今日遅くなるって言ってたし……あ」

じゃぽん、と風呂が波打つ音が響く。

「昼飯ありがとな、美味かったわ」

洗濯機に洗剤を入れながら、ふふっと笑ってしまった。バーであの老夫婦に褒められたのに気をよくして、昼食に同じクスクスのキーマカレーを作ったのだ。

頰を引き締めても、口元が笑ったままだ。

洗濯機の蓋《ふた》を閉め、洗濯開始のボタンを押す。ガタン、ゴトンと中がかき混ぜられる音に紛らせるように、秋は鼻歌をこぼした。

脱衣所を出ると、廊下でふれるが秋の鼻歌に合わせて体を振っていた。鼻歌が余計に軽快になってしまう。

だがそれは、玄関から響いた優太の「ただいまー」に途切れた。

「おかえ……え？」

優太の後ろに「おじゃましまーす」と続いたのは、見知らぬ若い男性だったから。

「えっと……」

「あ、俺の学校の副担任の島田先生」

スリッパとかないんでそのまま上がってください、と言う優太に、島田は「了解～」と軽いノリで応じた。先生というより、ちょっと年上の先輩に見える。あと……なんか気障だ。動作の一つ一つ、表情の一つ一つが、ナルシストっぽい。

ふれるが駆け寄ってきた気配を察して、秋は「こっち来ちゃダメだよ」と小声で振り返った。ふれるは大人しく奥へ引っ込んでくれた。

「先生、何か飲みます？」

優太が冷蔵庫を開ける。島田は居間を興味深そうに見回していた。

「ああ、お構いなく。それよりさ、ここってもしかして女の子も一緒に住んでる？」

自分の分の昼飯を準備しようとコンロのフライパンに手をやった秋は、思わず動きを止めた。

一拍遅れて、優太が「えっ？」と目を瞠《みは》る。島田はそんな秋達を微笑みながら見つめていた。

「いや、綺麗《きれい》にしてるからさ。それに、このアロマ……」

すんすんと鼻を鳴らす島田を遮るように、タオルで髪を拭《ふ》きながら諒が脱衣所から出てきた。

「白檀《びゃくだん》、お香ですよ。俺の趣味。あんまそのへん弄《いじ》んないでくださいね」

普段とはまるで違う素っ気ない対応に、島田は「あ、はい」と目を丸くする。優太が慌てて諒に「言い方っ」と耳打ちした。

「先生なんだよ」

諒が無言で優太の手を掴《つか》む。ジトッと諒を見上げた優太は、すぐに手を離した。振り払ったようにも見えた。

「島田先生、俺の部屋行きましょう。二階なんで」

麦茶の入ったケトルとグラスを手に、優太は島田と階段を上がっていった。足音が遠ざかり、二人の声が聞こえなくなったのを確かめてから、諒は眉《まゆ》を寄せた。

鍋《なべ》を火にかけた秋の隣にずんずんとやってきたと思ったら、苛立《いらだ》たしげに「あいつ、無視しやがった」と唇をへの字にする。

「え？」

「文句言ったのに、全スルー！」

「優太が？」

「そう！　なんだよあいつ。スルーはねえだろ、スルーは！」

ふれるの力のおかげで、自分達は互いの思っていることがわかる。相手にちょっと触れるだけで、すべてが伝わる。

無視なんて、スルーなんて、そもそもできるのだろうか。フライパンを火にかけながら、秋はふとそんなことを考えた。

廊下の先をふれるがするすると歩く音が聞こえた。島田が帰るまでは、どこかに隠しておかないとまずい。

諒にフライパンを任せ、厚手のグローブを両手に装着してふれるを抱いて階段を上がった。優太の部屋を警戒しつつ、ふれるをロフトの上にある寝床に連れていってやる。

寝床に丸い体をすっぽり収めたふれるは、じーっと秋の顔を見上げた。

「ごめんな、我慢させて」

薄い壁一枚隔てた優太の部屋を見る。かすかにあの島田という男の話し声が聞こえた。

「なんか、面倒だな……こういうの」

◆井ノ原優太

優太が描き溜《た》めたデザインスケッチをひと目見るなり、島田は「いいね」と言った。

「ちょっと初期のラフ・シモンズ味あるかも。結構タイプ」

正面から褒められたら意外とどう反応していいかわからず、「へへ……」と首に手をやるだけで何も上手《うま》いことが言えなかった。

「あと優太に足りないのは、インプットかな。写真撮ってる？　人を見たり、自然の色を見たりさ」

「あ、はい、それなら……」

デスクの上に置かれたノートパソコンを開く。街中で見かけるものに注目しろと、入学時にいろんな講師からアドバイスされた。

街中で見かけた人々のファッションはもちろん、広告やアート、音楽、グルメ、美しいと思った花や石畳の模様にいたるまで、とにかくいろんなものを見て、写真やスケッチとして記録しろと。

「スマホがほとんどですけど、一応気になったものがあったときは撮るようにしてて」

マウスをカチカチと鳴らし、最近撮った写真を順番に島田に見せる。

「このへんは、この前近所を……」

散歩しながら撮った写真で、と言いかけたとき、背後で島田が笑ったのがわかった。

「この子」

ふふっと笑って彼が指さした写真には、奈南が写っていた。昼間に秋を抜いた四人で買い物に出かけたときの写真で、奥に諒と樹里も写っているのだが……こちらを振り返って笑う奈南にしか目がいかない。

奈南の後ろ姿を撮ろうとして、シャッターを押す直前に彼女が振り返って「あー、何撮ってるの？」と笑った瞬間だった。

「かわいいね」

「え？」

「もしかして、彼女？」

ニヤリと笑った島田が、いたずらっぽい視線を寄こす。

「いや、その、そういうんじゃ……ちょっとワケありの知り合い？　っていうか」

でも、気になったものや綺麗だと思ったものを記録した写真の中に奈南がいるのは、それは——。

……それは。

「あ！　そういえば、この子、二年前までうちの学校にいたそうなんですけど、知りませんか？」

上手く誤魔化せただろうか。微笑んだままの島田の顔は「青いなあ、少年よ」と優太の肩を叩《たた》いているようだった。

「んー？　うちは学生数も多いからね。ちょっとわかんないけど……」

じーっと奈南の写真を見つめた島田が、何か思案するように目を伏せる。

「なんか、尻《しり》が軽そうな子だね」

「え？」

この写真のどこにそんな要素が？　視線を泳がせる優太をよそに、島田ははっと笑った。

「いや、でも二年前だよね？　俺はその頃三年だったから、会えばわかるかも。今度みんなで飲もうよ」

いや、さすがにそれは……いくら歳がそう離れてないとはいえ、先生は先生じゃないですか。島田を傷つけないオブラートがすぐに思い浮かばなくて、優太は「はあ……」と曖昧《あいまい》な返事をした。

◆祖父江諒

洗面所の小さな鏡を樹里と奪い合うようにして歯を磨いていたら、秋が洗面所の引き戸を開けた。

「朝飯できたぞ……」

秋がほんの少しだけ目を丸くする。洗面所は男女できっぱり使うタイミングを分けているから、樹里が何食わぬ顔でうがいをしているのに面食らったらしい。

「おー、了解」

「いつもごめんね！　今日の買い物は私がやっておくから！」

奈南はともかく、最近の樹里は諒が洗面所で髭《ひげ》を剃《そ》っていても平気で入ってくるようになった。

「……そう？　ありがと。じゃ、あとでリスト送っとくわ」

台所に戻っていく秋を横目に、諒は口を濯《すす》ぐ。

「珍しいな、あいつが買い物任せるなんて」

「いや、あんた達が普段やらなすぎなんでしょ」

肌に染みやニキビがないか確認しながら、樹里が鏡越しに諒を見る。

「あいつ、食材へのこだわり強いからよ」

肉、野菜、魚はもちろん、調味料にいたるまでそのこだわりは及ぶ。「マヨネーズ買ってきて」と言われてセール中の一番安いものを買って帰ったら「これは味が薄い」と顰《しか》めっ面《つら》をされ、奮発して高いものを買えば「高ければいいってもんじゃない」と言われる始末だ。

「なにそれ、そんなんでよく三人でやってこれたよね、今まで」

「まあ、あいつは……ていうか優太もだけど、人間できてるからなぁ、俺と違って」

本当に、つくづく思う。

「俺ばっか愚痴ってさ、二人はなんか仙人みたいっていうか。秋なんて、昔はめちゃくちゃ攻撃的だったのによ」

「そんなのわかんないじゃん。お腹の中で何考えてるかなんて」

そうなのだ。それが普通の発想だ。

でも、俺達は違う。

「わかるからこそ、困りものなんだよな」

怪訝《けげん》な顔のまま首を傾げる樹里を残し、諒は洗面所を出た。廊下まで炒《いた》め物のいい匂いがただよっている。この香りは……ピーマンとスパムかな。

◆小野田秋

真っ赤な肉ダレのかかった日本蕎麦《そば》を音を立てて啜《すす》り、五木《いつき》は「うん、美味《うま》い！」と満足そうに頷《うなず》いた。

初対面のときから印象的だった口髭《くちひげ》が全く汚れないのは何故なのか、グラスを拭《ふ》きながら秋はふと考えた。

「担々麺《たんたんめん》の蕎麦アレンジ。うん、胡麻《ごま》の風味が和風出汁《だし》と上手くマッチしている。ナッツのアクセントもいい」

「ありがとうございます。けどあの、できれば営業時間中に……」

この五木という老人、クスクスキーマカレーを食べて以来、時々BAR・とこしえの椅子にやって来ては「何か食べさせてよ」と頼んでくるのだ。

それも、営業時間前に。

「いや、実は今日はね……」

ガランと音を立てて店の扉が開く。出勤してきたマスターは、五木の顔を見て穏やかに笑った。

「ああ、五木さん。お待たせしました」

「いやいや、お腹減ってたんで、早く来ちゃった」

どう見ても知り合いらしい二人に、秋は恐る恐る「あの……マスター？」と切り出した。

「このお客さんは」

「ああ、知らない？　Cinq arbres《サンクアーブル》って店。ミシュランで星取ったこともある」

はあ？　と言いかけたら、五木が「でね！」と身を乗り出した。

「今日は君に話があるんだ」

五木の話は──一度では理解できなかった。

聞きながら眉《まゆ》を寄せてしまい、話し終えた五木が満足げに口角をつり上げたのを見て、拭いていたグラスを取り落としそうになった。

「俺が、ですか？」

「そう。静岡に出す新しい店なんだけどね、君に厨房《ちゅうぼう》に入ってもらいたいんだ」

マスターが食後にちょうどいいだろうと甘い口当たりのラスティ・ネイルを作って五木の手元に置く。

「えっと、静岡って、静岡県ですか？」

秋の間抜けな質問に笑うことなく、ラスティ・ネイルのグラスを手に五木は頷く。

「寮を用意してある。みっちり働いてもらうけど、うちのシェフの仕事を間近で見られるし、勉強になると思うんだよね。君は発想もいいし、将来を考えれば悪い話じゃないと思うんだけどね」

何も言えずにいる秋の代わりに、マスターが「すごいじゃない」と両腕を組んだ。目が泳いでいるのがわかった。誰かに改めて状況を整理してもらいたい。すごい人が俺の腕を見込んでくれて、俺にものすごいチャンスをくれた。その理解で間違ってないか、確かめてほしい。でも、そんなことをしてくれる人間は誰もいない。

今日の秋は仕事が手につかないだろうと察してくれたマスターが、その日は零時前にバイトを上がらせてくれた。

さっきの話、まあゆっくり考えてみてよ——そう、秋の肩を叩いて。

店を出て、神田川沿いを歩いた。今日はあまり水量が多くないみたいで、ちょろちょろという鼻歌のようなせせらぎが聞こえるだけだった。

奈南の鞄《かばん》をひったくった男を追って、このあたりを走り回ったのを思い出した。走ってなんていないのに、ただ、歩いているだけなのに。あのときと同じような熱さと胸の高鳴りに襲われていた。秋の心臓から送り出された血が、スキップでもするみたいに全身を駆け回っている。

我慢できず、大きく一歩足を前に出してみた。そこからは止められなかった。腕を振って、地面を思い切り蹴《け》って、走った。

ジョギングしている男性を追い越し、のろのろと走る自転車を追い越し、歩道橋を三段飛ばしで駆け上がった。

行く当てなどなかった。体の底から湧き上がる興奮を形にしたら、こうなってしまったのだ。

接客が苦手なくせに飲食店で働きたかったのは、料理が自分の数少ない特技だと思ったからだった。間振島にいた頃だってそうだった。ちゃんと続けられたバイトは飲食店だけだった。

秋の作った料理を、諒や優太が「美味い」と言うから。いつもムスッとしていて言いたいことも言わず、図体《ずうたい》ばかりがでかくて、そのうえ暴力的で。そんな自分が人を楽しませて笑顔にして、ちゃんと褒めてもらえるもの。それが料理だった。

仕事ばかりで両親がいないのが当たり前なのが小野田家だったけれど、何故か母親と料理を作った思い出だけはあった。

そしてその記憶は、ちゃんと楽しいものとして自分の中に残っていて——だから料理が好きになったとも思わないが、きっかけの一つではあったのだと思う。

暗がりに、野球場の照明が見えた。この前、ふれるを連れてみんなで遊びに行った区立公園だった。

あの日と同じように、公園には人っ子一人いなかった。無人のグラウンドに照明が落ちている様が何故か神々しく感じられて、秋は足を止めて大きく息を吸った。

吸い込んだ夜風は冷たいのにほんのり甘くて、肺の中の空気がまるっと新しいものに入れ替わったようだった。

「すっげ、きれい」

見上げた空に、嘘みたいに星が散らばっている。東京って、星が見えないんじゃなかったっけ？　何度瞬《まばた》きをしても、夜空はちゃんと美しいままだった。

スマホが鳴った。諒か、それとも優太か。スマホをズボンのポケットから取り出しながら、多分違う、と思った。

画面に表示されていたのは、樹里の名前だった。

〈ねえ今からお店行ってもいい？〉

返信を打つ指先が、少しだけ震えた。

〈悪い、俺、今日早上がり。店は開いてるよ〉

返事は、すぐに来る。

〈そっかー、もう家?〉

〈まだ外〉

テンポのよいメッセージのラリーが、ふと途切れた。樹里の返事を待つ時間が、長い。近くの木々がざわめくのが、遠くで犬が吠《ほ》えるのが、秋の耳に寂しく響く。

〈ねえ〉

ポコンという軽やかな音と共に、樹里の声が聞こえた気がした。

〈星すごくない?〉

スマホを両手で握り締めて、秋はもう一度空を見上げた。さっき散々綺麗《きれい》だと思ったはずの星空は、生まれて初めて見る美しさをしていた。

「なんだこれ……」

秋の呟《つぶや》きも何もかも、星が飲み込んでしまう。

ふれるがいなくても、気持ちが繋《つな》がれることなんて、あるんだろうか。

そんなこと、信じていいのだろうか。

樹里に返事を打った。

〈うん、すごい。すごいみえる〉

てきた。

子供みたいな文面に、樹里は「せやろ?」とドヤ顔が透けて見えるスタンプを返した。

〈俺、静岡に行くかもしれない〉

流れるようにそう送った。送ってから、自分がずっと息を止めていたことに気づいた。

〈いいな、私も行きたい〜〉

そんな的外れな返事が届いた。いや、違うから。ちょっと遊びに行くとか旅行に行くってわけじゃなくて……。肩を竦《すく》めたら、駄目押しのように「ハンバーグ食べたい!」というスタンプが送られてきた。ああ、静岡に美味《うま》いチェーン店があるよな、と我慢できず笑ってしまった。

〈マスターの知り合いに、新しくオープンするレストランで働かないかって言われて〉

だから、行こうと思ってる。そう続けていいのだろうか。本当にいいのだろうか。

ポコン、と音が鳴る。樹里が「すごーい!」とキラキラ光るスタンプを送ってきた。

〈絶対向いてるよ!　秋君の料理いつもすっごく美味《おい》しいもん!〉

初めて五人で朝ごはんを食べたとき、秋の作った味噌汁《みそしる》を一口飲んで「美味しい!」と叫んだ樹里の顔が、怖いくらい色鮮やかに蘇《よみがえ》った。

朝が弱くて不機嫌そうに居間にやって来た彼女の表情が、洗いたてのシーツみたいにぴかぴかの笑顔になったのが。

返事を打った。両手の親指でぎこちなく、でも力強く。

ちょっと離れることになるけど、もしよかったら、俺と――。

……俺と？

スマホを呆然《ぼうぜん》と見下ろして、やっと我に返った。急いでメッセージを消して、打ち直す。

〈ありがとう〉

送信ボタンを押して、それだけじゃとても冷静になれなくて、再び走り出した。グラウンドの乾いた土の香りが心地よかった。

第三章　声

◆祖父江諒

「こんなんでいいかな？　課題のあまりなんだけど」

「充分だよ～」

　半端に裁断された布切れを広げてキャッキャする優太と奈南を尻目《しりめ》に、諒は厚手のグローブで抱えたふれるを見下ろした。

「なあ、もう放していいか？　ふれる、コレしてても微妙に痛えんだよ」

「あ、ごめん！　もう大丈夫」

だよね？　と優太が奈南を見る。笑顔で頷《うなず》く奈南に肩を竦《すく》め、諒はそっとふれるを放してやった。

　メジャーで体を測られたふれるは、どこかキョトンとした顔で周囲を見回している。

「よかったな、ふれる。お前の服だってよ」

言い出しっぺは奈南だった。針だらけのふれるに服を着せようなんて、諒も秋も、優太でさえも考えたことなかったのに。

「へへー、ふれる、待っててね～」

奈南がやると言ったなら、当然ながら優太だって意気揚々と手伝うわけだ。

「じゃあ、早速パターン起こしちゃおっか。奈南ちゃんは生地選んで」

「これとか、柄は可愛いけど、合わせるのが厳しいかな……」

楽しげな二人のやり取りを卓袱台《ちゃぶだい》に頬杖《ほおづえ》をついて眺めながら、諒はボトルワインに手を伸ばした。グラスに注いで中身をゆっくり呷《あお》る。

ぬるくなったワインを飲み下しながら、うわ、俺、めちゃくちゃ邪魔だ、と気づいた。

いつも五人揃って朝ごはんを食べる居間。オンボロ一軒家のなんてことない和室。卓袱台の上には結露したワインボトルと炭酸水のペットボトル。

なのに、いつもと少し空気が違う。

優太と奈南が綿菓子みたいな雰囲気で作業していて——ここに長居をするのはただの空気が読めないやつだ。

「俺は明日《あした》も早いし寝るわ」

善は急げで立ち上がった。さっさと退却して寝てしまおう。一階の居間で二人がどんなやり取りをしているのかなんて考えず、さっさと寝るのだ。

「ほら、ふれるも行くぞ」

奈南の描いたデザインラフを覗《のぞ》き込んでいたふれるが、くるっと諒を見る。お前も邪魔者だと目で訴えると、素直にあとをついて来た。

「じゃ、ごゆっくり、な」

目を丸くした優太に、にやっと笑いかける。ついでにウィンクもしてやる。「ごゆっくり」の意味はちゃんと伝わったようで、「えっ」と頬を赤くした優太に、諒は声を上げずに笑った。

◆井ノ原優太

「さすが、手際いいね」

自分の声が響いて聞こえた。布にハサミを入れる音も、異様に大きい。

「昔、友達の猫ちゃんに作ってあげたことがあって」

諒とふれるがいなくなった途端、静かになった。いや、奈南との会話は確かにあるのだけれど、部屋の中の静けさが妙に際立つのだ。

それは、やはり彼女と二人きりだからだ。

「学校辞めちゃったの、もったいないな〜」

型どおりに裁断した生地からまち針を抜きながら、奈南は優太の言葉に曖昧《あいまい》に微笑んだ。スフレが膨らむみたいな彼女の控えめな笑い方は、何故か見ていて安心する。

いや、〈安心〉というのはちょっと……自分の本心から逃げすぎかもしれない。

「あとはミシンで一気に……」

自分の部屋からミシンを持って来ようと腰を浮かせたとき、奈南が唐突に肩を震わせて「痛っ！」と叫んだ。

一拍置いて、奈南の人差し指に赤い染みがポツンと浮かぶ。まち針が結構深く刺さってしまったらしい。見ているだけで自分の指先にまで鋭い痛みが走る。

「平気？」

「う、うん。久しぶりだったから、びっくりしちゃって」

指を針で刺すなんて、服飾系の学生なら日常茶飯事なのだが、日常茶飯事なりに痛いものは痛い。指先は神経がたっぷり集まっているから、刺さった瞬間は優太だって悲鳴を上げる。

「ちょっと見せて」

絆創膏《ばんそうこう》あったかな——奈南の手を取った瞬間、彼女が体を硬直させた。「あ」と顔を上げると、目の前に奈南の顔がある。

じっと、優太を見ている。

居間の柱にぶら下がる古い振り子時計の針が、カチッと動いた。それに合わせて生《なま》唾《つば》を飲み込んだ。

優太を見つめる奈南の薄いピンク色の唇に、自分の口元を寄せた。磁石のS極とN極が引き合うみたいだったし、蜜蜂《みつばち》が菜の花に向かってふらふらと飛んでいくようでもあった。

でも。

「あ、いや」

体を仰《の》け反らせるようにして奈南が顔を背けたから、優太は慌てて彼女の手を離した。

「いや、ご、ごめん」

正座して、背筋を伸ばして、眼鏡の位置を直した。

「何やってんだろ、俺。ホントごめん。酒入ってるからって俺、最悪だ」

あー、もう……。髪を掻《か》きむしってうな垂れる。強《こわ》ばった自分の両膝《りょうひざ》に「ほんと、くそ……」と吐き捨てた。魔が差した。調子にのった。とにかく、最低だ。

「いや、そんな」

視界の端に、奈南の膝小僧と手が見える。針の刺さった指先をもじもじと擦り合わせながら、その視線がこちらを向いている。

「そ、そんな落ち込まないで」

その～……という奈南の声が、居間の中を泳ぐ。

「優太君、だから。そこまで嫌？　とかじゃ」

「ホント？」

ガバッと顔を上げてしまった自分のみっともなさに、自分で笑い出しそうになるのに、奈南を見つめるのをやめられない。

「う……うん」

頷いた奈南が、視線を四方にやって、控えめに頬を赤くする。優太の好きな、スフレが膨らむみたいな笑い方。砂糖と卵とバニラビーンズの甘い香りまで漂ってきそうだった。

奈南の手が生地に伸びる。このまま二階にミシンを取りに行ったら、きっとすべて曖昧になる。共同生活を送る友人として、明日から何食わぬ顔で普通に食卓を囲んでしまう。

「じゃあさ」

身を乗り出し、奈南の目を凝視する。曖昧にして、堪《たま》るか。

「続き」

言い切った優太に、奈南が迷ったのがわかった。目を伏せて、首をほんのちょっと傾げて、それでも「うん」と言ってくれた。

座布団から腰を浮かせ、そっと奈南とキスをした。彼女の唇は柔らかかったけれど、それ以上に口の端から漏れた吐息の温かさが優太の下唇に残った。

秋が「ただいまー」と玄関のドアを開けたのは、そのときだった。

爆竹みたいな勢いで奈南から離れ、畳の上を転がって、ガラス戸に背中をぶつけた。そのまま戸を開けて、「おかえり！　はやはや早かったね‼」と秋に向かって叫んだ。

秋がドアノブを掴《つか》んだまま怪訝《けげん》な顔でこちらを見ている。階段を下りてくる足音がして、諒が台所の暖簾《のれん》から顔を出した。

「おーい、大丈夫か？　なんかすごい音したけど」

「なんも！　なんもないよ！」

ね？　と奈南を振り返る。奈南も「あ、うん、ちょっと飲み過ぎちゃったかな！」と全力で頷《うなず》いた。

◆小野田秋

二階のベランダで洗濯物を干していたら、出勤前の諒が気持ち悪いくらいニヤニヤしながらやって来た。

まあまあ落ち着いて聞けよ。そんな顔で、秋の手を摑む。

「──キスっ???」

声に出してしまった。諒が呆《あき》れ顔で「しーっ!」と人差し指を立てる。

『キスってキス? だから昨夜慌ててたっ? いつから? 優太もついに! お前知ってたの⁉』

たたみ掛ける秋に、諒が「落ちつけ!」と叫んで手を振り解《ほど》く。

「わ、悪い……」

「まあ、驚くよな。奈南ちゃんのこと気に入ってたのは知ってたけど」

ふれるの力で繋《つな》がってても、こんなことがあるのか。午前中の眩《まぶ》しい空に少しだけ顔を顰《しか》めながら、秋は思った。

意外なこと、「そうだったのっ?」と大声を出してしまうこと、一緒に暮らしていても気づけなかったこと。そんなものが、自分達の生活にまだあっただなんて。

「あのさ」

近くでスズメが鳴いた。新宿のビル群の方から鋭い風が吹いて、干したばかりのシーツがぶわりと大きく膨らむ。

その音が、秋の心臓の高鳴りと重なった。

「俺も、言いたいこと、ある」

左手を差し出すと、諒は首を傾げながらもすぐさま握り返してくれた。「そういや、俺も言っとくことあったわ」と諒が呟《つぶや》くのを見ていられなくて、秋は咄嗟《とっさ》に俯《うつむ》いた。

繋がれた互いの手を見つめたまま、静かに目を閉じる。

こうやって迷って怖《お》じ気《け》づいているのですら、諒には聞こえてしまうのだ。意を決して、秋は息を吸った。

——優太が奈南を好きなように、俺は多分、樹里が好きなんだと思う。

はっきり伝えたのに、諒は表情を変えなかった。もともと諒は樹里が気になっていたはずなのに、自分だって言いたいことがあったはずなのに、秋の告白を噛《か》み締めるように眉《まゆ》一つ動かさない。秋と、繋ぎ合った左手を交互に見る。

「なあ……」

何か言いかけた諒が、「あ！」と叫ぶ。

諒の左手に巻かれた腕時計が七時十分を示していた。普段、諒が家を出る時間だ。

「やば、もうこんな時間。悪い、俺行くわ！」

ばたばたと廊下のガラス戸を開け、思い出したように秋を振り返る。

「そうだ、今日パーティやろうぜ。優太に言っとくからよ。店、大丈夫か？」

優太と奈南が付き合い始めたことを記念し、ということらしい。

「今日は予約とか入ってなかったし、大丈夫だと思うけど」

「よっしゃ。時間決めたら連絡する」

秋の「わかった！」にニヤリと笑って、諒は転がるように階段を下っていった。ものの数秒で、玄関を飛び出していくのがベランダから見えた。

諒の姿が道の先に見えなくなって、秋は顔を両手で覆った。

諒が「え、お前も樹里が好きなのかよ」と言ったらどうしようかと思った。諒と樹里と三角関係なんて勘弁してほしかった。

でも、諒は何も言わなかった。何も聞こえなかった。

「……緊張した」

ふれるの力を使っても、こんなに緊張するというのに。口に出して本人に伝えるなんて、そんなことが俺にできるのだろうか。

樹里に、自分の言葉で「好きだ」と言えるのだろうか。

怖いと思うのと同時に、彼女は笑うことなく受け止めてくれるような、そんな予感がしていた。予感ではなく期待で、祈りで、懇願なのだけれど。

気がついたら両手を握り締めていた。天に向かって祈るような姿の自分が、無性に恥ずかしくなる。

トンと音がして振り返ると、ガラス戸の隙間からふれるが顔を出していた。体毛を風に揺らめかせながら、秋をじっと見上げている。

「ふれる、どうした？　ご飯さっき食べただろ？」

屈《かが》んでふれるの顔を覗《のぞ》き込むと、感情の読めない両目にうっすらと青空が映り込んでいた。

「お前のおかげでこの力が使えるようになったのに、お前の考えてることはわかんないんだよな……」

お前がどうしてこの力を俺にくれたのか。間振島の祠《ほこら》に突然やって来た俺と、どうしてずっと一緒にいてくれるのか。

◆浅川奈南

諒が「遅刻する！」と階段を駆け下りてきて、玄関で靴を履いていた優太を押しのけるようにして出勤していった。

諒を笑いながら見送った優太が、洗濯物を抱えて洗面所に向かおうとしていた奈南に手を振った。

最初は胸の前で小さく。奈南が振り返すと、子供みたいに——嬉《うれ》しそうに腕を大きく振って、「いってきます！」と出かけていった。

ドアが閉まって家の中が静かになっても、奈南はその場を動けなかった。

「奈南、どうしたの？」

居間の隣にある和室でせっせと化粧をしていた樹里が、アイブロウ片手にこちらを見ていた。

あー、うん。それが、その。

言いよどみながら肩を落としたら、そのまま大きな大きな溜《た》め息《いき》に変わった。

＊

「新しいオリジナルカクテルの試飲会だって、楽しみだねえ」

秋から届いたメッセージを確認しながら、つり革に摑まる樹里を見上げる。駅で待ち合わせたときから、樹里は機嫌がよかった。ずっとニヤニヤしているわけではないけれど、目尻《めじり》のあたりがいつもより嬉しそうなのだ。

「秋君、ホント頑張ってるよね。この間も家で練習してたし……」

じーっと見上げられていることに気づいた樹里が「なに？」と首を傾げる。

「樹里と秋君ってさ、なーんか、気が合ってる感じだよね」

は？　と眉間《みけん》に皺《しわ》を寄せた樹里だったけれど、思うところがないわけではないみたいだった。視線を明後日《あさって》の方向に逸《そ》らしたから、絶対にそうだ。

「あー……お互い、異性として見てないからじゃん？」

ふーん、と鼻を鳴らしてしまった。樹里は困ったように奈南の方へ身を乗り出した。

「ちょっとやめてよ。秋君は、弟とかそんな感じだし、それ以前に、私は……」

言いかけた樹里が、ハッと目を見開いて車内に視線をやった。帰宅時間を迎えた都電荒川線は、小さい車両が乗客でいっぱいになっている。

「なに？」

周囲の乗客の顔を見回して、樹里は「ううん、ごめん」と首を横に振る。

「なんか外に変な看板見えてさ」

「何それ」

はぐらかされたかな。そう思いつつ奈南はあははっと笑った。車内にアナウンスが入る。目的の駅——秋の働くバーの最寄り駅だ。

電車を降りてからもあえて秋の話は蒸し返さず、台所で育てている小松菜と小ネギが大きくなってきたという話をした。奈南達が押しかけた頃に育てられていた豆苗《とうみょう》とニンジンの葉は、住人が増えたことで食べ尽くされてしまった。

そう考えると、「新居が見つかるまで」と言いつつ随分とあの家に居座ってしまっている。

BAR・とこしえの椅子の入る雑居ビルは静かだった。「今日は予約が入っていないから」と秋が言っていたのを思い出し、奈南はそっとバーの扉を開けた。

「こんばんは……」

言い終えないうちに、カウンターの椅子に腰掛けていた諒が両手を広げた。

「サプラーイズ!!」

大声に足を止めたら、諒の隣で優太が花束を持っていることに気づいた。秋はいつも通りカウンターの中にいて……でも、手にはスパークリングワインがある。

「……え?」

何故か、カウンターにはケーキが置いてあった。それもホールケーキだ。生クリームがフリルみたいに盛り盛りになった、誰かを盛大にお祝いするためのケーキ。

「何コレ? サプライズって何の?」

黙ったままの自分の代わりに、樹里が聞いてくれた。

「何って、そりゃあもちろん」

諒が、笑顔で優太を見る。花束を手にしたまま優太は照れくさそうに……でも満更でもなさそうに奈南を見た。

「ごめんね、諒の奴が勝手に……。こういうのはいらないって言ったんだけど」

「ちょっと待って、本当に話が見えないんだけど」

困惑する樹里の横で、奈南はケーキを見つめていた。

ケーキにはチョコレートのプレートがのっていた。何か書いてある。優太の名前と、奈南の名前と、ピンク色のハートマークが。

誰が買ってきたのだろう。諒が会社帰りにわざわざケーキ屋に寄ったのだろうか。お祝いだからと、あの豪華なホールケーキを買ったのだろうか。

チョコプレートの名前は、ハートマークは、誰が書いたのだろう。きっと秋だろう。そういう仕事は、絶対に彼の役目だから。

「いや、だから二人はもうそういう関係におなりに……」

わざわざ説明しだした諒に、奈南はやっと口を開くことができた。

「はあっ？」

想定外の大声だったけれど、構わなかった。

「何それ、優太君、何言ったのっ？」

え、と瞬《まばた》きをした優太が、花束を握り締めたまま息を呑《の》む。

「えっと……あ、ごめん俺」

「いやいや、だって、キスしたんだろ？」

なんのオブラートにも包まず聞いてきた諒に、頬が引き攣《つ》った。どうして。誰に問いかければいいかわからないまま、頬がじわじわと熱くなる。

それだけで、樹里は何もかも察したみたいだった。

◆小野田秋

「ちょっと、何言ってんの？　デリカシーなさ過ぎでしょっ？」

突然怒りだした樹里に、諒が「はあっ？」とカウンターを叩《たた》いた。

「デリカシー？　キスしといて別に好きでも何でもないって、どこのビッチだよ」

「だって！」

奈南の二度目の怒鳴り声が店内に響く。スパークリングワインの入ったワインクーラーを抱えたまま、秋は彼女と諒を交互に見た。

「だって優太君、すごく真剣だったから。断ったら傷つけちゃうって、悪いかなって思って……！」

だから──仕方がなかったという顔で俯《うつむ》く奈南に、秋はワインクーラーを近くの台にそっと置いた。

どうやら、こいつの出番はもうない。ケーキも、花も、何もかも。

「……悪いから？」

優太が呟《つぶや》く。彼はまだ花束を握り締めたままだった。学校帰りにわざわざ花屋に寄って、店員にあれこれ希望を伝えて作ってもらったのだという。

花屋の前で入ろうかどうか迷った優太が、意を決して「すみませーん」と店に入っていく姿が、いとも簡単に目に浮かぶ。

「もうやめて、ていうか小学生じゃないんだから……」

奈南を庇《かば》う樹里を遮って、吐き捨ててしまった。

「なんだよそれ」

思わず額に手をやった。じゃないと、さっきの奈南と比較にもならない大声を出してしまう気がした。

「どんだけ流されやすいんだよ。そりゃあ、ストーカーも寄ってくるよ」

好きでもないのにキスできるなんて。誰だって勘違いするし、誰だってその気になるし、誰だって裏切られて怒る。

「ちょっと！　言っていいことと悪いことってのが」

樹里が秋に躙《にじ》り寄ろうとした瞬間、奈南が踵《きびす》を返した。

何も言わず、走って店を出ていく。

「ちょっと奈南！　待って！」

店を一度出た樹里が、去り際に秋達を振り返る。

「あんた達、最低！　それにあの子はね、あんたのことをいいなって思ってたんだよ！」

秋を睨《にら》みつけて、樹里は確かにそう叫んだ。

瞬きを三度した。樹里は、間違いなく秋を見ていた。

「おい、それって……待てよ、樹里！」

諒の制止も虚《むな》しく、樹里はバーの扉を勢いよく閉めて去っていった。

樹里のヒールの音が遠ざかって、遠ざかって——優太が手にしていた花束を握りつぶすグシャッという音が、三人だけが残された店に響き渡った。

＊

バーの営業時間が終わる頃には雨が降っていた。この季節らしい、終わりが見えないしとしととした雨だった。

家は静かだった。三人分の靴しかない玄関が、奇妙なほど広々と感じられた。

居間の明かりをつけ、秋は座布団に腰を下ろした。樹里と奈南が使っていた和室は、電気も消えたままシンと静まりかえっている。

廊下から、秋の肩を叩くようなカサリと乾いた音がした。

「……ふれる」

こちらを覗《のぞ》いていたふれるに、思わず語りかける。

「俺、なに調子に乗ってたんだろうな。お前がいなかったら、俺なんて……ガキの頃となんも変わらない」

話すのが苦手で、言葉より先に手が出る。それだけじゃない、愛想が悪くて、人とのコミュニケーションがとことん下手。自分の想いを口にするのも、相手の思いを酌み取るのだって下手くそで。

うな垂れた秋の周りを、ふれるがちょろちょろと動き回る。触ったら秋が痛がるとわかっているから、それ以上は寄ってこない。それがもどかしいのか、ときどきふれるはしょんぼりと畳に顔を伏せる。

ただ、不思議とそれが心地よかった。言葉がいらないからかな。ふれるをぼんやり眺めながら、秋は卓袱台《ちゃぶだい》に頬杖《ほおづえ》を突いた。

じわっとした眠気に襲われ、少しうたた寝をして、まだ起きているふれるに少し話しかけ、またまどろむ。

そんな時間を繰り返していたら、ふと諒の声が降ってきた。

「ふれる、何やってんだ?」

顔を上げると、スーツを着込んで髪もセットした諒が秋の周囲を忙《せわ》しなく動き回るふれるを見下ろしていた。

窓の外は明るかった。居間の振り子時計が七時ちょうどを指している。

「あれ? 悪い、朝飯……」

「いや、いいよ」

「え?」

「優太ももう行ったみたいだし、さすがに今日はな」

そっか、という声が擦《かす》れてしまう。ふれるには悪いが、さすがに今日は、いつも通りみんなで顔を合わせて朝ごはんだなんて、無理な話だ。

「んじゃ、行ってくるわ」

いつもより静かに、淡々と、諒は出勤していった。また家が静まりかえる。台所の窓から朝日が差している。花模様の入った窓ガラスがキラキラと輝いていて、シンクの端で育てている小松菜と小ネギが青々と光っていた。

「え、断る?」

昨日誰も手をつけなかったケーキにかぶりつきながら、マスターは目を白黒させた。フォークの先からスポンジがぼとりと落ちる。

「どうして？　こんなすごい話、なかなかないと思うんだけど……秋君のやりたかったことなんじゃないの？」

そうだ、確かに、間違いなく、そうだった。手にしていたリュックのショルダーを握り締め、秋はマスターに頭を下げた。

「俺は、本当は全然、あんなふうに声をかけてもらえる人間じゃないんです」

「そんな……」

「すみません。やっぱり俺は、知らない誰かと知らない場所で働くなんて、無理です」

「でも……」

ふれるがいたから、ふれるの力があったから、諒と優太がいたから。いろんな奇跡が重なり合ってたまたま上手《うま》くいっていただけだったのだ。

俺自身は、間振島で腫《は》れ物《もの》扱いだった子供の頃と、何も変わっていない。

「……そっか」

頑《かたく》なに唇を引き結ぶ秋に、マスターはがっくりと肩を落とした。

「ここも、今のシフトいっぱいで辞めさせてください」

さっきよりずっと大きな声でマスターは「えっ!?」と叫んだ。それでも秋は「お願いします」ともう一度頭を下げた。

ヤケを起こしているのだろうか。もっと冷静になった方がいいんじゃないか。そう思う自分もいる。

でも同時に、お前なんかが調子に乗るなとこちらを罵《ののし》ってくる自分もいる。マスターにも五木にも期待させて、自分勝手な決断で失望させた。

それを経てなおここで働き続けたいなんて虫がよすぎるし、俺なんかが上手くやっていけるわけがない。

◆浅川奈南

昨日の夜から降り出した雨は、二十四時間たっても止まない。

駅のホームの屋根にざーっと打ちつける雨音に、奈南は肩を竦《すく》めた。こちらを批難しているような、そんなふうに聞こえてしまう。

「とりあえずご飯に行こう」という樹里の誘いはありがたかった。一人でいても昨夜のことを考えてしまうだけだし、今は一人で何を食べようと美味《おい》しくないはずだから。

〈ごめん！　ちょっと遅れる。先入っててて～〉

樹里からそんなメッセージが届いたのに気づき、スマホで集合場所のカフェを確かめて、奈南は折りたたみ傘を広げた。

カフェは駅から歩いてすぐの住宅街の一角にあった。天気が悪いせいかどこを歩いても人とすれ違わない。

路地の先にお目当ての建物が見えたのに明かりが灯《とも》っていなくて、「まさか」と嫌な予感がした。

「あー……」

案の定、店の前にはクローズの看板が出ていた。街灯の光に照らされた薄暗い店内には、人の気配すらない。不定休の店のはずだったのに、まさか休みの日に当たってしまうなんて。

スマホを出して、樹里に〈お店、休みだった〉と送った。樹里も電車を降りてこちらに向かっているのか、すぐに既読はつかなかった。

代わりの店はないだろうかと検索しながら、来た道を戻る。

刺すような視線を感じたのは、何度か角を曲がった先、公園の側の細い道だった。

大粒の雨が打ちつける公園には、当然ながら誰もいなかった。

誰も、いなかった。遠くを車が走り抜ける音がしただけだった。

そのときだった。

「――今日は一人なんだ?」

顔を上げた。街灯の下に、背の高い男が一人、たたずんでいる。傘も差さず、スマホ片手に奈南をじーっと見ている。

パーカーのフードを目深に被《かぶ》ったその男の名前は、島田公平《こうへい》といった。忘れもしない。奈南が専門学校一年のときの三年生で、ちょっと気障《きざ》だけれど人当たりのいい先輩だった。

実習と大量の課題にてんてこ舞いな一年生に親切にアドバイスする人で、奈南もそれをきっかけに彼と知り合った。

でも。

喉《のど》が震えて、傘を取り落とした。水溜《みずた》まりに落ちた傘がびちゃんと音を立てて、奈南はスマホを握り締めて後退《あとずさ》りした。

◆祖父江諒

傘を差していたのに、スーツの肩が雨で濡《ぬ》れた。

ふう、と息をついて湿った革靴を脱ぐと、秋が台所に突っ立っていた。コンロにかけられた鍋《なべ》から、忙《せわ》しなく湯気が立ち上っている。

「あれ、今日休みだっけ？」

「うん、ちょっと……バイト、辞めようかなって」

言いよどんで、溜《た》め息《いき》をつくように秋は口を開く。不思議と驚きはなかった。今は、どんな最悪なことが起こっても全部納得してしまう気がする。

「そっか、優太は？」

「さあ……部屋かな。俺が帰ってから見てない」

「このままじゃいかんよな、さすがに」

廊下からふれるが顔を覗《のぞ》かせた。諒と秋を見て、力なくうな垂れる。そうだよな、お前もそう思うよな。諒は一人頷《うなず》いて、階段を上った。コンロの火を止め、秋も無言でついてくる。

優太の部屋のドアを、できるだけ軽快に、明るくノックした。

「おい、飯できたぞ。おーい、早く出てこいよ」

応答はない。

「いつまでふて腐れてんだよ。空気悪くなんだろ？　共同生活のルールを……」

歪《いびつ》な音を立てて、ドアが開く。久々に顔を見た優太は、眉間《みけん》に紙でも挟めそうな深い皺《しわ》を作っていた。

「うるさいな、静かにしてよ！」

ノックの体勢のまま動けずにいた諒は、そりゃあないだろと喉を張った。

「なんだよその言い方！」

「一緒に住んでたって、プライベートは守られるべきでしょ」

「そういう問題じゃねえだろ？」

「じゃあどんな問題なの！」

背後で秋が「ちょ……」と呟《つぶや》く。

「やめなよ、二人とも」

でも、優太は余計に険しい顔をした。諒を挟んで秋を睨《にら》んだと思ったら、右手をぎゅっと握り込む。

「秋は随分上からだね。それってさ、勝者の余裕ってやつ？」

秋の「え？」と、諒の「勝者？」という戸惑いが重なって、どうやらそれすら優太を苛立《いらだ》たせてしまうらしい。

「おかしいと思ったんだよね。賑《にぎ》やかなの嫌いな秋が自分の仕事場でパーティなんてさ。気づいてたんじゃないの？」

あ、まずい。咄嗟《とっさ》に秋の顔を見上げて、諒は頭を抱えそうになった。こいつ、全然わかってない。

「え？」

「自分が、奈南ちゃんに好かれてるってことだよ。それで、俺を笑い者にしようとしたんじゃないの？」

「何言ってんだよ」

戸惑う秋に背を向け、ここは俺が収めねばと優太の名前を呼ぶ。

なのに。

「諒だってさ！　サプライズなんてわざわざ言い出して、嘲笑《あざわら》ってたんだろ！　二人して！」

叫んだ優太の口から小さなツバが飛んで、諒の頬を掠《かす》めた。

嘲笑う？　俺が？　俺達が？　二人で結託して、優太のことを？

「そんなこと、俺らが考えてるはずないのは、お前が一番わかってるだろ」

優太の腕を引っ摑《つか》んで、部屋から連れ出した。

どうだ、全然、微塵《みじん》も、そんなこと思ってないだろ。優太を睨み返したとき、恐ろしい違和感に気づいた。

聞こえなかった。優太から、何も聞こえなかった。

眼鏡越しに優太が目を丸くしている。もしかして——俺の声も、優太に聞こえてないというのか。

そのとき、バチバチと炎が爆《は》ぜるような音がした。その音は、少しずつ大きくなる。

「……ふれる？」

秋が振り返る。階段から顔を覗かせたふれるの体毛が逆立っていた。バチバチと音を立て、鋭さを増した体毛が小刻みに震える。

まるで、今にも爆発しそうに。

「――え?」

最初に声を上げたのは優太だった。「何これ、こんなの初めてじゃ」と後退る。本当だ。ふれるのこんな姿は、初めて見た。

「なんだこりゃ、どうなってんだ?」

スーツの尻《しり》ポケットに入れていたスマホが振動した。「なんだよこんなときに」と舌打ちして画面を確認すると、樹里からだった。しかも、電話だった。

「はい、どうした?」

喰《く》い気味に、樹里が電話口で叫んだ。

奈南が、ストーカーに襲われたと。

雨音がどんどん強くなっていく。視界の端で、逆立っていたふれるの体毛がヘニャリと動きを止めた。

第四章　偽物

◆井ノ原優太

樹里に教えられた高田馬場駅近くの病院に駆けつけると、待合ロビーはシンと静まりかえっていた。

「樹里！」

ロビーの端の長椅子に樹里と警察官らしき男が二人いるのを見つけて、諒が真っ先に駆け寄った。硬く冷たい床に蹴躓《けつまず》きそうになりながら、優太はロビーを見回した。

奈南の姿はなかった。

警察官に断りを入れ、樹里が立ち上がる。スマホを握り締めたままこちらに小走りでやって来て——。

「諒！」

諒の胸に、頭突きでもするみたいに飛び込んだ。諒は驚かなかった。当然という顔で樹里の肩を抱き留めた。

「ごめん、急に電話して。ちょっとパニクっちゃって」

「いいって。それより、奈南ちゃんがストーカーに襲われたって」

「あ、うん、奈南がそう言ったって。私も今ついたばっかで、警察の人に今までのストーカーの説明とか……」

樹里が諒にスマホを見せる。

そこに表示された写真を見て、優太は息を呑《の》んだ。

「はっ？　こいつ？」

優太より先に、諒が声を上げた。

優太は、何も言うことができず息を止めていた。

「だから、こいつがそのストーカー。もともと、奈南の専門学校の先輩で、その頃からずっとつきまとってて……」

樹里のスマホに映っていたのは、優太がよく知る人だった。

「島田、先生……？」

学生時代の写真なのか、講師になった今より髪が長くてチャラさが際立っているが、間違いなく優太のクラスの副担任の島田公平だ。

どうして。呟きかけたら、処置室から看護師が出てきた。大勢で押しかけているのに一瞬だけ驚きつつも、優太達を中に案内してくれた。

入院着を着た奈南は、処置室のベッドに腰掛けていた。その背中を見ただけで安堵《あんど》したのだが、頭に分厚く包帯が巻かれ、頬や腕に何枚もガーゼが貼ってあるのに気づいて、優太は足を止めた。

「ごめんね、わざわざ来てもらって」

腕の傷を摩《さす》りながら、奈南が伏し目がちに樹里や優太達を見回す。

「そんなの気にしないで。それより大丈夫なの？」

「うん、全然。びっくりして転んだだけ。近所の人がそれで気づいてくれて。でも倒れたときにちょっと頭ぶつけちゃったから、一応検査するんだって。だから入院しなくちゃいけないみたいなんだけど……」

「俺のせいだ」

自分の爪先《つまさき》を睨みつけて、吐き捨てた。

「あいつ、俺らと奈南ちゃんの関係を知ってて……」

島田が家に来たとき、奈南の写真を見せてしまった。いや、もしかしたら、「優太の家に行ってみたいな」と言ったときから、あいつは奈南のことを探ろうとしていたのかもしれない。奈南につきまとっているうちに、同じ家の住人の中に、自分のクラスの学生がいると気づいたんだ。

「利用された。全部、俺のせいで」

前髪を掻《か》きむしった。秋と諒が心配そうに優太の名前を呼んだが、脳裏を埋め尽くすのは親切に優太の相談にのる島田の顔ばかりだ。あの親切さも、学校に馴染《なじ》めない優太を気遣ったんじゃない。全部全部、あいつ自身の欲望のためだった。

なのに、のこのこ島田を家に連れて来たりして。スケッチを見せて、褒められて、喜んだりして。

「だってそうじゃん。それで奈南ちゃんが……」

「優太！」

諒が腕を摑んできた。あまりの強さに顔を上げたら、諒が「あれ？」と目を瞠《みは》った。

「え……？」

優太も異変に気づいた。さっき——樹里から電話が来る直前もそうだった。聞こえないのだ。触れ合っているのに、諒の声が聞こえない。

「ちょっと、外出ようか」

眉間《みけん》に皺《しわ》を寄せた樹里が、廊下を指さす。学校の先生に引率されるように、三人でぞろぞろと廊下に出た。

「ああいう話は奈南の前でしないで」

処置室の扉をぴっちり閉めた樹里は、険しい顔のまま優太達を見回した。

「……思い出したくないだろうし」

「ごめん」

「優太君のせいじゃない。私のせい。もっとちゃんと情報共有しておけばよかった。デリケートな話だし、奈南もあんまり突っ込まれたくないだろうと思って。でも、それが間違ってた」

優太達から視線を外し、樹里は俯《うつむ》いた。肩を落としたようにも、溜《た》め息《いき》をついたようにも見えた。

「私、しばらく自分の家に戻る」

「大丈夫か？」

真っ先に、諒が聞いた。

「うん、そっちの荷物はもうちょっと置いておかせて」

「そりゃあいいけど……」

遠くから聞こえていた雨音が、いつの間にか聞こえなくなっていた。

◆小野田秋

病院を出る頃には雨は止んでいた。濡《ぬ》れた夜道を、諒と優太と並んで歩いた。

誰も口を利かなかったのに、家が近づいてきた頃、思い出したように諒が優太を呼んだ。

「お前さっき病院で、なんで俺の言葉、無視した？」

「は？　あ、あれはそっちが無視したんだろ？」

「何言ってんだよ。俺があれだけ……」

押し問答が始まりそうな気配がして身構えたとき、ふと気づいた。

「待ってよ。無視なんてできないよね？　ふれるの力は、勝手に入ってきちゃうものなんだから」

「そりゃあ……」

言いかけた諒が、自宅の前の小道に目を凝らし、突然秋と優太を道端のブロック塀に押しやった。

「は？　なにを」

声を上げた優太の口を掌《てのひら》で塞《ふさ》ぎ、玄関前を覗《のぞ》き込む。

「ねえ、何が……」

問いかけたら、今度は優太が秋の口を塞いだ。

その瞬間、優太が『黙って！』と叫んだ。聞こえた。優太の心の声が聞こえた。

『諒が、家の前に誰かいるって！』

『顔は見えてねえ、座ってる』

二人の声が、ちゃんと聞こえた。

『それって、あのストーカー？　優太の先生の』

秋の声も、二人にちゃんと聞こえているようだった。

『島田だっけか』

『け、警察！』

『呼ぶまでもねえ。こっちは三人だぞ。ここにいても埒《らち》があかねえ』

『ちょ、ちょっと落ち着こうよ』

やってやろうじゃん、と諒が頬に力を入れる。秋はふっと息を呑んだ。

『……っていうか、今、俺ら繋《つな》がってる？』

ハッと目を見開いた諒と優太が、秋を見た。そのとき、ブロック塀の向こうから男がひょいっと顔を出した。

「何やってんだ？」

三人揃ってその場から飛び退《の》きそうになって、男の顔を確認して思い留《とど》まった。

キョトンとこちらを見つめていたのは、間振島の学童クラブで散々世話になった脇田に他ならなかった。

「――先生っ？」

仲良く声を揃えた教え子達の姿に、脇田は満足げに頰を緩めた。島にいた頃と同じように、首にタオルを巻いていた。

「いやー、お前らと酒が飲める日がくるとはなあ〜」

居間でビールの空き缶と焼酎《しょうちゅう》の一升瓶に囲まれて、脇田は上機嫌にゲラゲラと笑った。

「何度目だよ。島にいる頃から何度も飲んでるじゃねえか」

酒の〆《しめ》にと握ったおにぎりに海苔《のり》を巻きながら、秋は居間から聞こえる諒の呆《あき》れ声にうんうんと頷《うなず》いた。秋、諒、優太のそれぞれの二十歳の誕生日、成人式の日。それ以外も散々飲んだじゃないか。

「先生、いつまでこっちにいるの？」

おにぎりを居間に運び、秋は聞いた。アルコールで顔を真っ赤にした脇田は、視線を天井へ泳がす。

「明日《あした》、従兄弟《いとこ》？　再従兄弟《はとこ》？　の娘？　だか息子？　だかの結婚式があってな。それが終わったら帰るよ」

随分と曖昧《あいまい》な予定だな。秋はおにぎりののった皿を脇田の前にスッと置き、こっそり肩を竦《すく》めた。

「それより、優太はまだ風呂《ふろ》か？」

「優太、疲れてたみたいで、部屋だと思う」

まさか本当のことが言えるわけがなく、秋は気まずくて咄嗟《とっさ》に目を逸《そ》らした。諒は「仕方ねえ」という顔でおにぎりを頬張っている。

「そっか。それにしても嬉《うれ》しいなあ……お前ら三人がこんなに仲良くなってなあ。これも、ふれるのおかげかねえ」

諒がぶふっとおにぎりを噴き出した。ぎりぎりのところで両手で押さえたから、飯粒は飛ばずに済んだ。飯が気管に入ったのだろうか、ごほっ、げほっと咳《せき》が止まらない。

「せ、先生、ふれるのこと、知って……」

恐る恐る聞いた秋に、脇田はニヤリと笑った。

「お前ら、覚えてねえのか？　絵本とかで読んでやったじゃねえか」

ああ、なんだ。島の伝説の話か。隣で諒が咳をしながらも安堵《あんど》したのがわかった。

「あの島にいるっていう、人と人をつないでくれる、まあ神様というか、妖怪《ようかい》というか。それがお前ら三人の間を取り持ってくれたのかなあってよ」

「先生、詳しいんだ」

やっと落ち着いた諒が聞く。

「おう、大学の卒論でふれるのことを調べたことがあってな」

「あれだろ？　ふれるを捕まえると、相手の考えてることがわかるっていう」

「いや、ちょっとニュアンスが違うな」

え、と声に出してしまった。脇田は秋と諒を交互に見て、淡々と話し出した。

「あの島は昔から土地が痩《や》せててな。漁業だけが頼みの綱。けど知っての通り、あのあたりの漁場はしょっちゅう荒れる。今とは比べものにならないほど苦しい生活だったみたいだ。狭い島の中で奪い合って、騙《だま》し合って、このままじゃこの島は終わりだ……誰もがそう思ったとき」

ふっと、脇田が息をつく。

「そこに現れたのが、ふれるだ」

小学生の秋が侵入した、岩場の祠《ほこら》。大昔の島民達が、あの祠で神を祀《まつ》っている光景が浮かんだ。あの暗く小さな祠からふれるがぴょんと飛び出し、危険な漁に出る島民達の心をつなぐ。

荒れた海を、統率の取れた何艘《そう》もの船が進んで行く。

「島のみんなは一つになった。ふれるは、互いに反発する心を取り去っちまうからな」

「反発する心を……」

秋の言葉を引き継ぐ形で、諒が「取り去る？」と首を傾げる。

「そう。問題の種になりそうな言葉や気持ちを、そっくり抜き取って伝えるんだ。だから喧嘩《けんか》することもなくなって。でもなあ……そうして楽して仲良くしてっと、たいへんな、ことが……」

脇田の声がどんどんまどろんでいき、最終的には溶けたアイスみたいなベタッとした笑い声を上げて、畳にひっくり返ってしまった。

「先生？」

座布団を枕に、それはそれは気持ちよさそうに寝息を立てている。

「問題の種になりそうな気持ちだけを抜くってこと？」

脇田をなんとか布団に寝かせて、優太を部屋から引っ張り出してベランダに集まった。脇田の話を聞かされた優太は「そんな都合のいいことある？」と眉《まゆ》を寄せた。

物音を察知したふれるまで、寝床を飛び出してベランダにぴょんとやって来た。自分の話をされていると知ってか知らずか、秋達をじーっと見上げる。

「意味が、よくわかんないけど……」

でも脇田は嘘をついているようにも、話を盛っているようにも見えなかった。

ベランダの柵《さく》に寄りかかって空を仰いでいた諒が、秋と優太を見る。

「お前が嫌いだとか、死ねクソとか、そういうのがなくなるってことか？」

「じゃあ、試してみる？」

優太が右手を差し出す。ふれるが見ている前で、三人で互いに手を重ねた。

誰が合図するでもなく、潮が引くように無言になる。雨上がりの湿った風が、ふれるの体毛を揺らした。

「……なんか聞こえたか？」

探るように、諒が聞いてくる。

「……何も」

その瞬間、優太が秋と諒の手を振り払った。正確には、叩《はた》き落とした。

「答え合わせできたね。俺、今、全力で二人のこと罵倒《ばとう》してたのに」

右手を握り締めたまま、優太は忌々《いまいま》しげに鼻を鳴らした。

「八つ当たりもできないのかよ」

秋達から顔を背けた優太に、諒が「なるほどな」と肩を落とす。

「俺も今まで、お前らって本当に善人だって……ていうかできすぎだろって思ってた。

悪いところっていうか、黒い気持ちが全然なくて」

「俺もだよ」

力なく優太も頷く。

「俺がよくないこと考えても、サラッと流されてさ。気遣われてんのかな、こんなこと考えるの俺だけなんだって」

ああ、そうか。俺だけじゃなかったのか。俺だけが自分をどうしようもない人間だと思っていたわけでもなく。俺だけがつまらない嫉妬《しっと》や愚痴や苛立《いらだ》ちを抱えているわけでもなく。俺だけが善人な友人を持っていたわけでもなく。

みんな、同じだったのか。

「やべえ、なんだよ面白すぎんだろ、この機能。自動で悪質コメントブロックしてくれるなんてよ」

諒が茶化すように言うけれど、ちっとも嬉しそうじゃない。

「なるほど、だから今までお前らに馬鹿にされてても聞こえなかったってことか」

薄ら笑いを浮かべる優太も同じだった。

「馬鹿になんてしたことねえよ」

「どうだか」

「被害妄想も大概にしろよ」

言い合う優太と諒を前に、ふれるの体毛が風に揺れ、カサリと乾いた音で鳴る。

「都合のいい気持ちだけ繋《つな》がるなんて、こんなの俺、いらない」

はっきりと言って、優太は秋達に背を向けた。ベランダから自分の部屋に戻ったと思ったら、側にあった適当な服に着替え始める。

ふれるが窓にそっと近寄って、優太の背中を心配そうに見ている。

「で、でもさ、ふれるがつないでくれたから、俺達、親友になれたんじゃないか」

これから起こることが容易に想像できてしまって、秋は喉《のど》を張った。

「それって、親友って呼べるの？」

優太の問いは淡々としていた。答えなんてとっくに出ているだろう。そんな顔で、手近な荷物を詰め込んだリュックを背負う。

「ふれるがいなかったら、親友どころか友達にすらなってなかったかもしれないね」

優太の部屋の電気が消える。突然目の前が暗くなったことに驚いたのか、ふれるがピクンと震えてその場から飛び退《の》いた。

「偽物の友情だよ、こんなの」

窓をぴしゃりと閉め、鍵《かぎ》をかけ、優太は部屋を出ていった。優太……と言いかけた秋を、諒が「ほっとけ」と素っ気なく止めた。

階段を下りていく音、やや間を置いて、玄関のドアが開けられる。

「俺も、もう寝るわ」

それ以上何も言わず、諒は自分の部屋に戻っていった。

たった一人、秋はベランダに取り残された。

「ふれる……」

いつも秋の側にいたはずのふれるの姿は、どこにもなかった。

*

玉ねぎの根本を包丁の刃元を使って切り落とし、ニンニクをみじん切りにして、調味料と一緒にビニール袋に放り込んだ鶏肉を両手で揉《も》み込む。黙々と目の前に集中する。

ふと顔を上げると、夜通し作り続けた料理が台所の作業台にところせましと並んでいた。

冷蔵庫の中身を片っ端から使った野菜の揚げびたしとラタトゥイユ、ニンジンのナムル、ポテトサラダ、ひじきの煮物、豚肉とジャガイモだけの肉じゃが、甘酢ダレの肉団子……これから宴会でも始まるのかという量だった。

一晩中扱《こ》き使われた換気扇が、そろそろ音を上げそうだった。

構うことなく、秋は味の染み込んだ鶏肉をフライパンに放り入れた。ニンニク、玉ねぎと一緒に手早くフライパンを振る。

「うおっ、なんだ朝っぱらから、宴会か？」

寝起きの脇田が腹を掻《か》きながら台所にやって来る。

「あ、おはよう、先生」

どれどれ～と料理の山を眺めた脇田は、肉団子を摘《つ》まみ上げてひょいっと口に運ぶ。

「うまっ！」と子供みたいに笑った。

「諒と優太は？」

「もう出かけたよ」

「そっか。早いなあ、日曜なのに……にしても、すごい量だな」

まだ何か作り続けている秋の手元と作業台を眺めながら、脇田が呟《つぶや》く。

「ちょっと、気晴らしに」

作っても作っても、食べてくれるのは脇田しかいないのに。当たり前に三人で、または五人で食卓を囲んでいた居間は、ガランとしていて静かだ。いつもはそこをちょこちょこ動き回っているふれるすら、今日はいない。

秋が大量に作った料理を全部ちょっとずつ食べた脇田は、従兄弟《いとこ》の娘だか息子だかの結婚式に出席するため、ビシッと礼服を着込んだ。ピカピカに磨いた革靴を履き、

「優太と諒によろしくな」とはにかむ。

頷《うなず》きながら、脇田はちょっと寂しいんじゃないかと秋は思った。せっかく教え子達のもとを訪ねたのに、優太とはろくに話もできず、こうやって見送るのは秋だけで。遥々《はるばる》間振島からやって来た脇田を、三人で「先生、元気でね！」と送り出せたらよかったのに。

「それにしても、お前ら本当変わんねえな。安心したような、ちょっと心配なような」

「え？」

しみじみと目を細めたと思ったら、脇田は「いや」と笑って手を振った。

「それじゃ行くわ。島戻ったら顔出せよ！」

湿っぽいやり取りなんてせず、脇田はまるで秋達が間振島にいた頃のように……明日《あした》も明後日《あさって》も秋達が三人でいる日常が続いていくかのように、去っていった。

一人残された玄関で、その意味について考えた。脇田が何か察していたのか、何かを秋に伝えようとしたのか、ぼんやり考えた。

——ガサッという音がしたと思ったら、足下にふれるがいた。

「ふれるっ？」

当然という顔でこちらを見上げるふれるに、秋は慌ててしゃがみ込んだ。

「どこ行ってたんだよ一晩中……腹減っただろ」

撫《な》でてやることができないから、ただ静かにふれるに語りかける。

「ごめんな。みんな、どうしちゃったんだろうな」

でも。

「でも、大丈夫。二人が帰ってきたら、また三人で繋がって、そうしたら……」

全部、今まで通りの俺達に戻れるよ。

そんな秋の願望は、あっさりと潰《つい》える。

翌日も翌々日も、優太は帰ってこなかったのだ。

＊

大量に作った料理は、秋と諒の二人では二日たっても食べきれなかった。同じ料理が続けて朝食に出てくることに、諒は何も言わない。

二人だけの食卓は広かった。秋の隣でエサ皿に顔を突っ込むふれるの元気がないのは、優太がいないからだ。「三人揃って朝ごはん」にふれるは異常にこだわるから。

「あのさ、優太の学校、行ってみない？」

空の食器を持って立ち上がろうとした諒が、うんざりした顔で「ほっとけよ」と呟く。

「けど……」

「それぞれ考えがあるんだからさ」

それ以上何も言わず諒はジャケットを羽織って出社していった。あまりに素っ気ない態度に、堪《たま》らず「なんだよそれ」と吐き捨ててしまった。

洗い物を済ませて家を出た。高田馬場駅まで歩いて電車に乗り、新宿駅から優太の通う専門学校へまた歩く。

自宅のベランダから遠目に見ていた高層ビル群の中を突っ切るようなルートだった。そうか、これが優太の毎朝の景色だったのか。今更のようにそう思った。

エントランスの受付で辛うじて覚えていた優太のクラスを告げ、「実習に使う忘れ物を届けに来た」と我ながら上手《うま》い嘘をついた。きっと挙動不審だっただろうけど、受付のスタッフに咎《とが》められることはなかった。

優太が実習しているはずの教室に行くと、優太の姿はなかった。ドアの側にいた学生に尋ねると、あの班の連中は中庭にでもいるんじゃないか、と教えられた。

芝生の眩《まぶ》しい中庭に降りると、木陰のベンチに三人の学生がたむろしているのを見つけた。

「井ノ原優太と同じ班の人ですか」

試しに声をかけると、一人が秋の長身を仰ぎ見て怪訝《けげん》な顔をする。

「え？　井ノ原、優太……？」

奇妙な沈黙の後、別の学生が「ああ、リーダーのことか」と笑った。こちらを馬鹿にするような軽々しい笑い方だった。

「えー、あの人、友達とかいたんだ」

「もしかして、あんたも島の人？」

「あー、島仲間！」

「島センス共有できちゃう的な」

何が面白いのか、三人で勝手に盛り上がって、勝手に大笑いする。

「ていうかウチら、迷惑してんすよ」

ニット帽を被《かぶ》った男子学生が、スマホ片手に大袈裟《おおげさ》に肩を落とす。

「課題のチームリーダーなのに、二日も連絡なしで休んで」

「……え？」

「そうそう、大体、ちょっと前からリーダーが自宅作業ばっかりで、課題全然進んでないんすよ」

「なんでもかんでも抱えちゃってさ〜。友達ならちょっとそのへん、リーダーに伝えてもらえません？」

他の班より作業が大幅に遅れているとか。でも課題の提出期限が延びるとか。副担任が問題を起こして教員達がバタバタしているとか。秋を蚊帳《かや》の外に追いやって話を続ける彼らに文句の一つも言ってやろうか迷って、結局無言のまま踵《きびす》を返した。

なんだ、あいつら。歩きながら両手を握り込んだ。

優太、お前、あんなのと毎日一緒に実習してたのかよ。なんだよ島センスって。馬鹿にしやがって。

俺の親友を、馬鹿にしやがって。


優太の学校を出たその足で地下鉄を乗り継ぎ、雑司ヶ谷《ぞうしがや》で降りた。

優太が学校にも行っていないことを、諒に直接伝えて相談しないと。都電荒川線の踏切を渡り、諒の職場である不動産屋を目指す。

今、俺はそんなに怖い顔をしているのか。すれ違った通行人が、立て続けに秋から目を逸《そ》らした。

諒の職場はすぐにわかった。駅から歩いてすぐのところに看板がでかでかと出ていて――その下に停まった営業車の前に、スーツの姿の若い社員がいた。上司らしき中年の男もいた。

「だから、何度言ったらわかんだよお前は！」

怒鳴り声を上げて、上司が営業車のボディを叩《たた》く。バン、バンと二回響いた鈍い音に合わせ、若い社員が勢いよく頭を下げた。

「すみません！」

「俺に謝ってどうすんだよ！　困ってんのはお客さんなんだぞっ」

はい、すみません。何度も何度も頭を下げる部下に「大体……」とさらに説教を重ねようとした上司が、こちらに気づいた。

「あ、あの……」

言いかけて、言葉が何もかも吹っ飛んでいった。

「……諒」

ひっきりなしに頭を下げていたのは、間違いなく諒だった。

「はっ、何で？」

目を瞠《みは》った諒に、上司が深々と……わざとらしく大袈裟《げさ》に、溜《た》め息《いき》をつく。

「職場にお友達か？　諒、お前どこまで学生気分なんだ？」

うんざりした顔で、上司は秋を見た。

「お友達からも言ってやってくださいよ。もう少ししっかりしろって。社会人になってできるようになったのって土下座くらいだもんな」

薄ら笑いを浮かべた上司の目は笑っていなかった。その代わりに、諒が「あはは」と首元を掻《か》いて笑う。

何もかも、たいしたことはないのだという顔で。

優太の学校の中庭でアイツらと話してからずっと握り締めていた拳《こぶし》を、秋はゆっくり解《ほど》いた。

解いて、もう一度握り締めて、大股《おおまた》で諒の上司に詰め寄った。

胸ぐらに摑《つか》みかかってやろうとした瞬間、「何やってんだお前！」と叫んだ諒に羽交い締めにされる。

「諒はっ」

構わず、叫んでやった。

「すごく、頑張ってて……。ゆ、優太だって……！」

さっき、優太のクラスメイトに言ってやりたかった。優太がどれだけ頑張ってるか。どれだけいい奴で、優しい奴で、そんな優太を馬鹿にされて俺がどれだけ怒っているか。

「お前、何言ってんだよ！」

だって……言いかけた秋から一歩身を引いて、諒の上司が再び溜め息をついた。

「もういい。諒、車戻しとけ。いい時間だから、そのまま飯食ってきていいぞ」

素っ気なく言って、店の中に戻っていく。諒はその背中に「ありがとうございます！」と頭を下げた。

「ったく、やっぱり手が早いのは治らねえんだな」

営業車を近くの駐車場に止めた諒が、車のキーを指先で弄《もてあそ》びながらやれやれと肩を落とす。

駐車場に引かれた白線を見下ろしながら、秋は「だって……」と絞り出した。

「大体なんでキレてんだよ」

そんなの、決まってるだろ。秋はゆっくりと右手を差し出した。上手く言葉にする自信がなかった。

「やめろ」

両腕を組んだまま言い放った諒に、指先が震えた。

「ちゃんと口に出せよ」

「……諒が、馬鹿にされたから」

「あのな、馬鹿にされたんじゃなくて、怒られてたんだよ。まあ実際、俺が馬鹿やってお客に迷惑かけたんだけどよ。その後始末してもらったんだ、怒られて当然だろ」

「けど、あんな言い方」

できるのは土下座くらいだなんて、あんまりだ。

「諒も無理しなくたって、仕事なんて他にも」

「他ってなんだよ」

諒の言葉尻《じり》に、チリッと火がついたのがわかった。両腕を固く組んだまま、秋を見上げる。

「経験も学歴もない俺を雇ってくれて、時間外に資格の勉強も見てくれて、今だっていきなり襲いかかってきたわけわかんねえ奴を相手に気を使ってくれて、こうして話す時間も作ってくれる。俺にとってこんなにいい職場ないんだよ」

大体っ……。秋から視線を逸らし、歯を食いしばって、絞り出す。

「親父が怪我して船売っちまったから、もう漁師にも戻れねえ。仕送りだってしなくちゃいけねえ。お前らとは立場が違うんだよ」

もちろん、知ってた。漁師だった諒の父親が、大事な船を手放したこと。子供の頃の諒の夢が、父親を継いで漁師になることだったのも。

ちゃんと知ってるのに。ふれるの力で繋《つな》がっていたのに、どうして理解してなかったのだろう。

「……ごめん」

謝ったら、諒はバツの悪そうな顔で秋を見た。苛立《いらだ》ちを呑《の》み込むように鼻から大きく息を吸って、「で、何の用だったんだよ」と首を傾げる。

「優太の学校に行ってきたんだけど、優太、いなくて」

「ほっとけって言ったろ？　あいつだって子供じゃねえんだから」

んじゃ、俺は戻るぞ。そう言って諒は来た道を戻っていく。数メートル歩いて、思い出したように秋を振り返った。

「そうだ、今日、樹里が荷物取りに来るってさ」

「え？」

「さっき連絡来た。夕方くらいとか言ってたぞ」

言うことは言ったとばかりに、諒は今度こそ仕事に戻って行った。上京直後はピカピカだった諒のスーツはほんの少しくたびれて、持ち主の背中にぴたりと寄り添っている。

＊

日中に家で一人でいるのなんて慣れたものなのに、不思議と静けさが耳に痛かった。

二階のロフトにある自分の寝床で、スマホばかりぼんやり見てしまう。

見ていたのは、樹里とのメッセージが残るトーク画面だった。

最後のやり取りは、サプライズパーティのあった夜。秋の謝罪に対する〈今はちょっと冷静になれないから〉という樹里の言葉で終わっている。その直前には、カクテルの試飲会が楽しみだと言っているのに。

玄関のドアを開ける音がして、秋はハッと顔を上げた。

静かに階段を下りていくと、靴を脱いだ樹里が「よっ」と手を振った。気まずいような、困ったような、そんな顔で。

居間の隣の和室ですぐさま荷物をまとめ出した樹里に、とりあえず温かいお茶を淹《い》れてやる。こちらに背を向けたまま、樹里は淡々と衣類をスーツケースにしまっていく。

ああ、終わるんだな。五人の慌ただしい共同生活が、今日で終わる。しみじみとそう思った。

「奈南ちゃんは？」

「やっと検査終わって、もうすぐ退院。だから着替え持っていってあげないといけなくて」

「そっか、よかった」

急須《きゅうす》から湯飲みにお茶を注ぎ、「お茶、どう？」と樹里に投げかける。

「あー……そこ、置いといて」

その言い方が秋を拒絶しているような、ゆっくりと距離を取ろうとしているような、そんなふうに聞こえる。

物音を察知したのか、ふれるが廊下からぴょんと和室を覗《のぞ》き込んだ。「久しぶり～」と樹里が手を振ったら、何故か猛スピードで家の奥へ逃げて行ってしまう。

「あちゃー、久しぶりで忘れられちゃったかな」

「あのさ」

苦笑いする樹里に、思い切って問いかける。

「なんで、諒に連絡したの？」

「え？」

「いや、俺、最近ずっと家にいるのにって」

「あれ、お店は？　あ、そっか、別のお店に決まったんだっけ」

ああ、そんな話もあった。随分と遠くへ来てしまった。

「言ってなかったっけ……その、バイトやめたっていうか……全部、やめたっていうか」

何もかも察してくれたのだろうか。樹里は「ああ」とこぼしたきり、何も聞いてこない。

「あの、喜んでくれたのに、ごめん」

樹里がこちらを振り返った。秋の顔を見て、ふっと笑ってみせる。

「次行こ、次」

何もかも拭《ぬぐ》い去るみたいに、明るく肩を揺らす。炭酸の泡が弾《はじ》けるみたいな笑い方だ。

「なんか、前にさ。俺のこと、よく喋《しゃべ》るって言ったよね」

「んー？」

そんなことあったっけ、と言いたげに鼻を鳴らした樹里に、秋は音もなく笑った。

そういうものなのかもしれない。誰かの心に深く残った言葉なんて、発した当人からしたら、あまりに何気なくて覚えている価値すらないのかもしれない。

でも、だからこそ、秋の中にこんなにも深く残っている。

「たぶん、樹里だからなんだ。俺は、誰とでも上手《うま》くなんて絶対にやれない。いつもいっぱいいっぱいで、今なんて特に気持ちがつっかえてつっかえて、あふれそうで」

気がついたら胸を手で押さえていた。奥の方で心臓が軋《きし》んだ。

左目から、遅れて右目からも涙が溢《あふ》れてしまうのは、どうしてだ。

「なんか、いっぱいいっぱいで。俺、気持ちがどこにも行けなくて、体の中を回ってる感じがする」

どこにも行き場がないと気づいた感情が、ついに目からこぼれてしまったのだろうか。涙とはそういうものなのだろうか。

「前は、諒や優太と分け合えてた気持ちが、回って、苦しくて」

楽だった。二人と何もかも共有して、理解し合って、怒りも苛立ちも不安も発散する。自分の力で言葉にしなくてもそれができて、楽だった。それができなくなったら、話すのが苦手な自分の感情は、どこにも行くことができない。

無言で立ち上がった樹里がこちらに歩いてくる。秋の傍らにしゃがみ込んだと思ったら、飼い犬にでもするみたいに頭をぽんと撫《な》でた。

「よくわかんないけど、大丈夫だよ」

ほい、ほい、と秋の頭を撫でる彼女の名前を、秋は嚙《か》み締めた。

「樹里」

「うん」

「俺」

「うん」

「樹里が好きだ」

うん……と言いかけた樹里が、動きを止める。秋の頭に手をやったまま、ゆっくりゆっくり、目を瞠《みは》った。ただでさえ切れ長の大きな目が、見開かれる。

「――は？」

彼女がゆっくり口を開いたその瞬間、背後でガラス戸が音を立てて開いた。

「おい、何しれっと俺の女を口説いてんだよ」

諒が、こちらを睨《にら》みつけていた。きっちり着込んだスーツのジャケットに西日が差して、濃紺の布地が鈍く光った。

「あれ、諒、仕事は？」

「ちょうど近くで内見の立ち会いがあって」

何食わぬ顔で話す二人を、「ちょっと待って」と遮った。

「俺の、女って……」

「前にちゃんと言ったろ！」

ずかずかと居間に入ってきた諒は、苦々しげに吐き捨てた。

「そんなの聞いてない！」

「しらばっくれんなよ、俺はちゃんと」

「じゃあなんで、俺が樹里への気持ちを打ち明けたとき、何も言ってくれなかったんだよ！」

「なんだそりゃ、それこそ聞いた覚えねえよ！」

嘘だ。だって――。

「あのとき、ベランダで」

確か、優太と奈南がキスをしたって、聞かされたとき。俺も伝えたいことがあるんだと、諒の手を取った。

「はあっ？　俺だってそのとき……」

言いかけて、諒が唇をひん曲げた。

「ふれる、か？」

肩が抜け落ちるような深い溜《た》め息《いき》をつきながら、諒は額を押さえる。

「あのとき俺は、お前に樹里のことを伝えた。お前から何も伝わってこなかったのは、驚いて固まってるもんだと思って」

「違うっ。あのとき、俺は俺の気持ちを」

そうだ。覚悟を決めて、諒に手を伸ばした。彼の手を握り締めて、樹里が好きだと伝えた。

「そんなもんは伝わってなかった」

「けど」

「だから、ふれるがやったってことだろ」

ああ、そうか。

そうなのか。

樹里が好きだという秋の気持ちも、樹里と付き合っているという諒の言葉も、どちらもふれるが消してしまったというのか。互いに伝えたつもりになって、勝手にわかり合ったつもりになって。

「なんで、別に、反発する気持ちとかじゃ」

「でもまあ、火種にはなるよな。同じ女が好きなんてのは」

だから、ふれるは消した。なかったことにした。秋と諒が喧嘩《けんか》をしないように。

白々しく仲良く過ごせるように。

ハッと奥の和室に目をやると、ふれるがじーっと秋達を見ていた。感情の読めない
ビー玉みたいな目で、凝視していた。

偽物の友情だよ。優太の言葉が蘇《よみがえ》って、息ができなくなる。

そのまま、家を飛び出した。

◆祖父江諒

「逃げんのかよ！」

制止も虚《むな》しく、秋はバタバタと玄関を飛び出してしまった。

「なんなんだよ、あいつ……！」

頭を抱える諒をよそに、樹里はスーツケースを抱えて和室から出てきた。

「もうよくわかんないけど、私も行くね」

重たそうなスーツケースをよろよろと運ぶ樹里に「荷物持つよ」と手を伸ばす。

でも、樹里は「いいから」ときっぱり拒否した。

「この前のバーでのこと、私、まだ許してないから。それにさ、今話しなきゃいけないのは、私じゃないんじゃない?」

靴を履き、「それじゃ」と言いかけた樹里がふと足を止める。

和室から、ふれるがするすると出てきた。でも、樹里に駆け寄ることはしない。たった数日で、本当に樹里の顔や声を忘れてしまったのだろうか。

「じゃあね、ふれる」

手を振って、樹里はスーツケースを引いて出ていった。

「……ふれる」

廊下の暗がりにたたずんで、ふれるは諒のことを射貫《いぬ》くようにじっと見つめている。睨んでいるようにも、哀れんでいるようにも見える。

ずっと一緒だった。これからも一緒にいるものだと思っていた。そんなふれるの存在を、こんなにも苦々しく思う日がくるなんて。

「あいつらとは、散々、なんでも、話してきた……つもりだったんだけどな」

一人残された玄関で、堪《たま》らず呟《つぶや》いていた。

実は、何一つ話なんてできてなかったのかもしれない。何一つ、彼らの心に触れられてなかったのかもしれない。

誰もいないのをいいことに盛大に溜め息をつき、ついでに舌打ちもして、冷蔵庫から缶ビールを取り出して一気に呷《あお》った。

背後でふれるの足音が聞こえる。きっとまだ、諒のことをじーっと見ている。

「エサだろ、わかってる」

腹が空《す》いただけじゃないとわかっていたが、そう吐き捨てた。

振り返った自分の顔に黒い影が差しているのに気づき、諒は息を止めた。

ぞろぞろと音を立てて天井まで伸びていく影を、俺はよく知っている。

◆井ノ原優太

マンガ喫茶独特のべたついた匂いにも、二日も寝泊まりしていたらすっかり慣れてしまった。

狭苦しい個室でたいして興味もないマンガのページをめくりながら、優太はテーブルに手を伸ばした。何時間前に取ってきたかもわからないカップの底で、カフェラテがカラカラに乾いていた。

スマホで時間を確認する。秋からメッセージが何本も届いていた。既読すらつけず、スマホをソファに再び伏せる。

学校も二日サボった。実習の進捗《しんちょく》はどうなっているだろうと考えそうになって、慌てて頭《かぶり》を振る。

考えたら、不安になって、怖《お》じ気《け》づいて、のこのこと戻ってしまう気がした。

どこまで読んだかすらも不確かなマンガを乱暴に開いたとき、ふと気配を感じた。

マンガ喫茶の、狭い狭い個室の中で。

恐る恐る頭上を見上げて、優太は悲鳴を上げた。眼鏡が鼻筋をずり落ちていった。

◆小野田秋

あの家を飛び出したところで、行く当てなどなかった。

バイトも辞めた。諒と優太以外に友達なんていない。狭い狭い人間関係の中で生きてきた自分に、行ける場所なんてどこにもない。

「なんで」

家からできるだけ遠くへ遠くへと彷徨《さまよ》っているうちに辿《たど》り着いた公園のベンチに腰掛け、秋は両手で顔を覆った。

「なんで、こんな」

今までずっと、上手《うま》くやってこれてたのに。

「ふれるのおかげで、ふれるが、いてくれたから」

あの日、間振島の祠《ほこら》で、ふれると出会ったときから。祠の積み石を崩して、薄暗い洞窟《どうくつ》の中に入り込んで。

天井から伸びる糸に、吸い寄せられるように触れたときから。

「……え？」

顔を上げて、目を瞠った。

自分の手から、指先から、あのときと同じような糸が伸びている。払っても取れない。確実に、自分の指先から生えている。

脇田の言葉が蘇った。

――でもなあ……そうして楽して仲良くしてっと、たいへんな、ことが……。

糸の先を辿ると、そこにはふれるがいた。いつからいたのか。陽が傾いて薄暗くなりつつある公園の一角から、秋のことをじっと見ている。

ふれる……名前を呼ぼうとして、何か大事なことを忘れているような気がした。

ふれるを捕まえて、エサを探しに学童クラブに行ったとき。諒と優太と口論になった。言葉に詰まって手を出したのは秋だった。

でもその直後、自分達は三人仲良く手を繋《つな》いで、ふれるを連れて、学童クラブを出ていった。

あのとき、自分達の喧嘩を止めたのは。

「そうだ、あのとき……」

喧嘩を止めたのは、ふれるだった。

目の前に無言でたたずむふれるの体毛が風に揺れ、夕闇に溶けるように体を震わせた。

荒れ狂う海の波飛沫《しぶき》のような音を立てて、ふれるの体が膨らむ。天に向かって駆け上がるように針が次々と生えて、あっという間に秋の背丈より大きくなって——。

秋のことを、じーっと見下ろした。

第五章　ふれる

◆小野田秋

息を呑《の》んだ瞬間、足下から水音が響いた。よろけて膝《ひざ》を突くと、暗闇に見覚えのある白い糸が垂れていた。

何本も、何本も。

これはまるで、あのとき見た――。

あんぐりと口を開けた秋の耳に、馴染《なじ》みのある、ありすぎる声が響いてきた。

足下を濡《ぬ》らす水を蹴《け》り上げ、暗闇を走った。

跳ねた水が秋の頬を濡らす。この感覚を自分はよく知っている。幼い頃、間振島のふれるの祠を目指して、濡れた岩場と潮だまりを必死に歩いた、あの感覚だ。

暗闇の向こうに、ぼんやりと何かが見えてきた。徐々に鮮明になって、巨大な鳥居が浮かび上がる。

ああ、そうだ。俺はこの景色を、見たことがある。

「ちょ、息かけんなよ気持ち悪い」

優太の声がした。彼らしくない、粗っぽく苛立《いらだ》った声だった。

「はあっ？　息するなってか？　お前が避《よ》けろよ」

「息臭いんだよ！　喋《しゃべ》るな！」

「お前……！」

鳥居にまとわりつく無数の糸に四肢をからめ捕られた諒と優太が、暗がりをぶらんぶらんと揺れながら言い争っている。

「諒……優太も……」

秋の声が大きく反響し、二人は「ああっ？」と顔を顰《しか》めてこちらを見下ろした。

「なんで、こんな……」

呆然《ぼうぜん》と立ちすくむ秋を、諒が怒鳴りつけた。

「なんでじゃねえよ！」

「そうだよ、全部秋のせいじゃないか！」

俺の？　目を瞠った秋に、諒が「めんどくせえな、お前もその糸触れよ」と叫んだ。

秋の左手の人差し指から、糸が一本垂れ下がっていた。言われるがまま右手で触ったら、頭の中を諒と優太の声が埋め尽くした。

『お前のせいで』『いつも勝手に』『仕事あんだぞ』『秋ばっかり』『自分勝手』『どうしてくれるんだ』……罵声《ばせい》が体の中を跳ね回って、痛みに変わる。

「なに、これ」

糸から指を放した秋に、優太が「ふれるだよ」と投げかける。

「は？」

「ふれるの、多分、フィルターなしってやつだ」

苛立たしげに自分達を拘束する糸を睨《にら》みつけ、諒が呟《つぶや》く。

「フィルターって、あの、問題になりそうなものを抜くっていう……」

「俺達は今までこの糸を通してずっとふれると繋がってたんだと思う。普段はお互いに触れることで、ふれるを介して相手の考えが伝わってたんだろうな」

忌々《いまいま》しそうに秋を見下ろし、諒が話しながら鼻を鳴らす。呆《あき》れたような、嘆くような、ヤケクソなような、そんな顔で。

手だけでも糸から逃れようと身をよじりながら、優太が「けど」と続けた。

「この糸に直《じか》に触れると、ふれるのフィルターを中継しないで相手の考えがそのまま入ってくるみたいだね」

は？　と秋は喉《のど》を震わせた。

「え、なんで？　なんなのこの糸」

「だから、ふれるだって言ってんだろ！」

諒が声を張り上げる。遥《はる》か下で呆然と立ち尽くす秋を睨みつけた。

「この糸が、ふれる？」

「まだ思い出さねえのかよ！」

思い出す……？　一体何を。

言いかけた秋に、うんざりした顔で優太が息を吸った。

「二度目でしょ！　これ！」

二度目。その言葉に、先ほど公園でふれると対峙《たいじ》したことを思い出した。

こちらをじーっと見つめるふれるの体毛がゆらゆらと揺れ、逆立って、巨大化して、秋を呑《の》み込んだこと。

同じことが、あの日、間振島でもあった。摑《つか》み合いの喧嘩《けんか》をする秋達の前でふれるは巨大化して、三人を呑み込んだ。

ふと顔を上げたら、幼い秋の目の前に鳥居があった。大量の糸がまとわりついた不思議な鳥居を見上げて、秋はすっと息を止めた。

同じ光景が、二十歳を迎えた自分の前にある。

「でも、なんで今また」

「なんでじゃねえよ！　お前がやったんだろ？　前みたいに！」

「今度は仲直りでもしたいの？　無理に決まってるでしょっ！」

違う、と言いたいのにはっきり声にならない。一歩後退ったら、水に足を取られそうになる。

「俺は、あのとき、一人が寂しくて」

島の伝説で語られるふれるがもし手に入ったら、何か変わるのではないかと思った。友達ができるのではないかと思った。両親がどれほど不仲だろうと、家を出ていった母さんが二度と帰ってこないのだとしても、寂しくなくなるのではないかと思った。

俺は話すのが苦手だから、だから、せめて、心だけでも、誰かと繋がれたら。

「ああっ？　何言ってんのか聞こえねえぞ！」

諒が、昔みたいに苛立たしげに叫ぶ。「なんかしゃべれよ！」と顰《しか》めっ面《つら》で秋を見ていた子供の頃の彼を思い出した。

「でも、今も、あのときも、俺は、こんなことになるなんて知らなくて」

俯《うつむ》いたら、指先から伸びる糸が視界を舞った。

こんなものが、こんなものがあるせいで。

「知らなかったんだよ！　仕方ないだろ！」

糸を摑んで思い切り引っ張る。こんなもののせいで、こんな一本の糸のせいで、俺は親友を手に入れて、楽しい日常を手に入れて、そして失うのか。

優太が「ダメだ！」と叫んだ。諒が「やめろ！」と叫んだ、構わず力いっぱい引っ張った糸は——切れなかった。

か細い音を立て、糸は伸びた。秋の体の中から留《とど》まることなくあふれ出る。しゅるしゅると生き物のように宙を揺らめき、秋の体をからめ捕った。

「何やってんだよ！」

優太が金切り声を上げた。水面から次々と糸が現れ、秋の手足にまとわりついた。まるで、糸を拒絶した人間を咎《とが》めるみたいに。捕らえて罰を与えるみたいに。

「俺達も糸を抜こうとしてこうなってんだよ！」

諒が怒鳴ったときにはもう遅かった。糸に縛り上げられ、秋は為《な》す術《すべ》なく「そんなこと言っても、俺は本当に知らない！」と返すしかなかった。

「知らねえじゃねえよ！」

「そうだ、無責任だ！」

諒も優太も好き勝手叫んで、秋を罵倒《ばとう》する。お前が原因なんだから、お前が何とかしろと。お前が始めたことなんだから、お前が責任持って俺達を助けろと。

「なんだよもう！」

髪を掻《か》きむしって、思いきり叫んだ。獣がのたうち回るような醜い声だった。

「こんなことなら——」

ふれるなんて、探しに行かなければよかった。ずっとずっと、寂しい自分のまま、ムスッと拗《す》ねて、うじうじしながら、みんなに嫌われたまま、生きていればよかった。深い海の底で息を殺すように、孤独に浸っていたらよかった。

もしそうだったら、俺はいつか痺《しび》れを切らして、自分の足で一歩踏み出したのだろうか。ふれるがいなくても、自分の力で人と繋《つな》がろうとしただろうか。

いや、そんなの、無理に決まっている。

歯を食いしばった瞬間、秋は水の中にいた。

潮だまりのような深さだった水面が、生き物のように大きく揺れながら上昇し、鳥居ごと諒と優太を飲み込んだ。

水中を糸が漂っている。白く光る無数の糸がゆっくりと解《ほど》け、二人を解放した。

両手で大きく水を掻いて、秋は浮上した。わたわたと藻掻いていた優太の襟を摑んで糸の群れから逃れると、諒が上を指さしていた。

頭上に光の筋が見えた。水面に反射した光が、大粒のビーズみたいに揺れていた。

そこを目指して、ただひたすら泳いだ。

水面から顔を出して、大きく息を吸った。周囲を見回すと、側の岩場で優太が「こっち！」と手を振っていた。

ふれるの糸が水面から伸びている。洞窟《どうくつ》の中かと思ったが、天井を見上げて秋は息を止めた。雲とも泥ともつかない黒いドロドロとしたものに、覆われている。

「ったく、どうなってんだよ、これ」

岸に這《は》い上がると、諒が濡《ぬ》れた靴下を絞っていた。

「ここどこ？　まだふれるの中？」

多分、と言いかけたら、足場がぐにぐにと不安定なことに気づいた。岩場ではなかった。足で踏むと形が変わり、力を抜くとまた元に戻る。その場にへたり込んでいた優太が、波打つ地面にヒエッと肩を強《こわ》ばらせた。

「なんだ？　ふれるの中、まさか胃の中ってか？」

言われてみれば、この感触は内臓のようでもあった。言い出した諒自身が、「まさか」と言いたげに頬を引き攣《つ》らせる。

諒の手にしていた靴下に、水滴が一つ落ちた。天井……と呼んでいいのかわからない、どろどろと薄暗い上空から。目を凝らせば、そこにはふれるの糸が張り巡らされている。

じゅう、と音を立てて、諒の靴下に穴が開いた。水滴と呼ぶには随分とどろっと粘度の高い液体が、諒の靴下を溶かしていく。

「うおっ、なんだ？」

天井が蠢《うごめ》いて、一つ、また一つと雫《しずく》が落ちてくる。どんどん大きくなっていく。

「何これ！」

周囲を見回す優太の側に、一際大きな雫が糸を引いて落ちてきた。粘ついた雫が、自分達へ降り注ぐ。

「と、とりあえず移動するぞ！」

どこへ逃げれば安全なのかもわからないまま、諒が走り出す。優太も言われるがまま走った。息を切らし、ときどきあえぎ声を上げながら、走った。

振り返れば、秋達のいた場所はどろどろの粘液であふれ返っていた。触れたらどうなるかわからないが、とりあえず諒の靴下は溶けた。つまり……そういうことだ。

喉が震えて、足が絡んだ。盛大にスッ転んだ秋の腕を、「ぼさっとしてんじゃねえぞ！」と諒が引っ摑む。優太が「気をつけてよね！」と叫んだ。

「ご……ごめん……！」

秋を助け起こす拍子に諒の革靴が脱げて、どろどろの粘液に呑まれた。

ぐずぐずに溶けて、消えた。

「それよりどうすんのっ？」

見えなくなった諒の革靴に口元を引き攣らせた優太に、片足だけ裸足《はだし》の諒が「どうつっても……」と眉《まゆ》を寄せる。

遠くに、糸が見えた。

開けた空間の先に、頭上高く伸びる糸がある。

「どうすんの？」

優太が言い終えないうちに、諒が糸に飛びつく。糸にしては太いそれは、細い糸が集まって一本のロープのようになっていた。

ロープは、蠢きながら上へ上へと昇っていく。

「急げ！　優太、秋っ！」

とぷり、とぷりと不気味な音を立てて粘液が近づく中、秋も優太も何とかロープを摑《つか》んだ。誰も彼も「しっかり摑まれ！」「放すな！」と繰り返し、少しずつ少しずつ上昇していった。

「間一髪って感じだったな」

粘液で埋め尽くされた下界を見下ろし、諒が頰を強ばらせる。

頭上は暗かった。暗闇に向かって、秋達は為す術なく昇っていった。

「まるで蜘蛛《くも》の糸……」

思わず呟《つぶや》いたら、優太が「じゃあ、三人で摑まってたら切れちゃうね」と小さく肩を揺らした。

「縁起でもないこと言うんじゃねえよ！」

本当に、言うもんじゃない。その言葉を待っていたとばかりに、ロープの先がばらばらと解け出した。

解けた糸は一本ずつちぎれていき、秋が「あっ」と声を上げたときには、三人揃って真っ逆さまに落ちていった。

悲鳴も上げられず落ちた。空に放り出されたみたいな轟音《ごうおん》に、耳が割れそうになる。

何とか目を開けると、目の前を真っ白な雲が横切った。

頭上には澄んだ濃紺が、眼下には呑《の》み込まれそうなほどの青が広がっていた。宇宙と空の境界にいるかのようだった。

諒が口をパクパクと動かしながら秋に手を伸ばしてきた。力一杯秋の左手を掴み、歯を食いしばる。

『やっと捕まえた！』

確かに、そう聞こえた。諒の声が聞こえた。

『優太は……そこかぁ！』

諒が両手を広げる。咄嗟《とっさ》に秋も真似をした。ぐるぐる回転しながら何やら泣き叫んでいた優太の手を、諒は引っ掴んだ。

『ど、どうなってるのこれ～！』

優太の声も、ちゃんと聞こえた。

『落ちてるね』

二人と繋がっていると思ったら、不思議と冷静になれた。『いや、それはわかってるよ！』と叫ぶ優太に、笑みを浮かべてしまうくらいには。

『なあ、これ、思ったことがそのまま出てきてねえかっ？』

ネクタイをはためかせながら、諒が周囲を見回す。

『胃の中とか、蜘蛛の糸とか？』

『何それ。じゃあ、あの雲が綿あめって思ったら、綿あめになるってこと』

目を白黒させた優太に、諒が『いいな、それ！』と身を翻した。煽《あお》られた優太が悲鳴を上げ、三人で側の巨大な雲に頭から突っ込んだ。

水蒸気のはずの雲に三人の体はバウンドして、甘ったるいザラメの香りが全身を包む。

呆然《ぼうぜん》とする秋と優太をよそに、諒は「サイコー！」と高笑いしていた。

「いや、でも、やっぱり雲って……」

優太が呟いた瞬間、甘い香りは消え去って、三人揃ってまた落ちていった。綿あめはただの水蒸気に戻り、風圧に口が開かない。

海面が見えてきた。間振島の海の色とよく似ていた。

『やめろリアルな想像！』

『だって！』

慣れ親しんだ海を見下ろしながら、秋は『あのさ！』と二人の間に割って入る。

『思ったことが実現するなら、もしかしてこれで元の世界にも戻れないかな？』

一拍置いて、優太が『そっか！』と笑った。首を傾げる諒の肩を抱き、『やってみるしかないだろ！』と叫ぶ。

『せーのっ！』

三人で肩を寄せ合って、目を閉じた。


轟音と、口も開けられないほどの風圧が消えた。目を開けると、あのオンボロ一軒家の居間に三人揃って立っていた。

「戻った！」

見慣れた電灯を見上げて、全員で声を揃える。

「なんでもやってみるもんだな！」

「ホント、どうなるかと思ったよ～」

諒と優太の間から、ふれるのエサ皿が見えた。卓袱台《ちゃぶだい》の上に、空っぽのまま置かれている。

ふれるがいない、ということは――。

「にしてもさっきのは……」

諒が口を開けたまま固まる。慣れ親しんだ居間がどんどん歪《ゆが》んで膨張していく。振り子時計はひしゃげて歪み、窓ガラスは変形し、日に焼けた畳は歪《いびつ》に巨大化する。

「なんだ、またおかしなことになってんぞっ？」

「まだふれるの中ってこと？」

顔を見合わせる諒と優太の背後で、ふれるのエサ皿も大きく膨らんでいく。

「おい秋、お前また変なこと考えてんのか？」

ふれるの中では思ったことが現実になる。自分達は自宅の居間らしき空間を作り出しただけで、決して元の世界に戻れたわけではない。秋の不安と共に、居間はどんどん歪んでいく。

「お、俺は別にっ！　諒こそ何考えてんだよ！」

「はあっ？　俺のこと疑ってんのか？」

「そっちが先に疑ったんだろ！」

「ふざけんなよお前っ！」

摑みかかってやろうかと思ったそのとき、今度は優太が自分達の間に割って入った。

「ちょっと落ち着こう！」

両手を掲げたまま、優太が秋と諒を交互に見つめる。

「落ち着いて考えられる場所を想像して！　こんなぽんぽん変わったら、出る方法なんて考えられないでしょ！」

ふん、ふん、と首を振って、優太が秋達を睨《にら》みつける。気圧《けお》された諒が「お、おう」と絞り出して大人しくなった。

「落ち着ける場所……？」

三人同時に居間の天井を仰ぎ見て、目を閉じた。

秋の脳裏に、先ほど見た海の色が蘇《よみがえ》った。間振島の海とよく似た、あの色が。


懐かしい波の音がした。

目を開けた瞬間、どこに来たかわかった。諒も優太も同じようだった。

「久しぶりだね」

波間で弾《はじ》ける白い泡を見つめ、優太が微笑んだ。「まあ、確かに落ち着く」と諒が足下の砂を蹴《け》った。

「いつも三人で、何かあったらここに来たね」

優太の言う通りだった。ふざけ合うのもここ、殴り合いの喧嘩《けんか》をするのもここ、仲直りするのもここ、諒が好きな子に告白するのも、振られるのもここだった。慰めるのだってここだった。

「三人になる前は、俺は一人で、二人を見てた」

教室の、グラウンドの、学童クラブの隅っこから、同い年の二人を見ていた。二人はいつも楽しそうだった。悪ガキの諒と、大人しい優太と、絶妙なバランスでいつも笑い合っていた。

仲間に入れてほしかった。二人の中に自分を入れてもらいたかった。

「羨《うらや》ましかった。羨ましかったから、願って……見つけちゃったんだ。俺が、ふれるを」

楽して繋《つな》がる方法を、傷つかずに他人と生きる方法を、間振島の祠《ほこら》を暴いて見つけてしまった。

「ズルしたんだ」

勇気を出して「仲間に入れてほしい」と言わなければならなかった。相手を傷つけたり、傷つけられたりを繰り返しながら積み上げていくのが、友情だったのに。

「ごめん、俺……」

全部放棄して、苦労せず、努力せず、傷つくこともせず、楽に友達を手に入れようとした。

「俺さ」

溜《た》め息《いき》交じりに諒が言った。自分の手から伸びる糸が海風に揺れるのを見つめながら、静かに笑う。

「秋のことを、格好いいと思ってた。いつも一人でさ、でも全然平気って顔して」

「それで喧嘩が強くて、ちょっと怖かったけど」

同じように自分の糸を見下ろしていた優太が、ちらりと秋を見る。眼鏡のレンズに陽の光が反射した。諒は「まあ、俺は負ける気してなかったけど」と肩を揺らして笑った。

「ふれるがきっかけだけどさ、ふれるがいなくても、いつか友達になってたと思う。ズルしたのは俺もだよ、きっと。疑わないでいられるのって、すごく楽だったし」

肩を落とした優太を横目に、諒が「ズルか」と呟く。

「確かにさ、ズルはしたけど、それだけでこんなに長いこと一緒にいられたか？」

諒の問いに、秋は答えられなかった。

いや、本当は答えたかった。言いたかった。違う、って。

「だって、昔は喧嘩もしたじゃん。カッとして、すぐに手が出てよ。まあ、すぐにお互いの心の中がわかって萎《な》えたけど」

「ふれるフィルター通してたんだもんね」

優太の言う通りだ。何もかも、ふれるのフィルターのおかげだった。

「でも、やっぱりムカつくもんはムカついた」

「俺も二人のこと、いつも綺麗事《きれいごと》ばっかりって思ってた」

穏やかな目のままで切り出した優太に、諒も秋も言葉を呑《の》み込んだ。でも、諒はすぐに口元を緩めた。

「それでもさ、ずっと一緒にいたな」

うん、と諒の言葉に頷《うなず》いた優太が、秋を見る。

「ずっと友達だった」

「きっかけはズルだったかもしれねえけどな」

「それからもズルはいっぱいしてたけど、きっと、それだけでもなかったんじゃないかな」

ああ、俺の番だ。二人から向けられる視線に、秋は唇を噛《か》んだ。

わかっていた。本当は、ふれるを見つけたときだって、子供ながらにわかっていたのだ。

「俺と、友達になってください」

俺があのとき手を伸ばすべきだったのは、ふれるじゃなかった。勇気を出して、傷つく覚悟をして、自分の口で、自分の言葉で、言うべきだった。

「改めて、友達になってください」

声が震えて上擦った。諒と優太は互いに顔を見合わせ、ふっと肩を竦《すく》めた。

「そうまっすぐに言われると……」

苦笑する優太の言葉を引き継ぐように、諒が「やっぱ重いわ」と笑う。

口を開けたまま、秋は言葉を探した。頭、胸、腹の底、すべて探した。

「なっ……なってくれないと、殴る」

ええっ、と身じろぎした諒と優太は、「普通にやべえ奴じゃん」「こわっ！」と笑い出した。

笑い声はどんどん大きくなり、手を引かれるように秋も肩を揺らした。それでも収まらず、諒は腰に両手をやって天を仰ぐ。優太はその場に屈《かが》み込んで眼鏡を外した。笑い声に合わせて、三人の指先から伸びる糸が揺れた。三人で声を揃えてここまで笑ったのは、ものすごく久々だった。

全員の声が擦《かす》れ始めた頃、自然と海に向かって三人で腰を下ろしていた。「笑ってる場合じゃねえよな」と諒が後頭部を掻《か》いた。

「そうだよ、ここから出られなかったらどうすんの」

「なんとかなるよ」

諒と優太が「は？」とこちらを見る。何の根拠もないが、秋は「なんとかなるよ」と繰り返した。

「だって、俺達三人揃えば、最強だし」

「なんだそりゃ」

「ホント、秋、テンションおかしくなってる」

呆《あき》れて笑う二人に、秋は自分の指先の糸を見つめた。

「そうかも」

おかしいというより、安堵《あんど》したのだ。

「俺達はとっくに、ふれるがいなくても大丈夫だったってわかったから」

呟《つぶや》いた瞬間、指先から突然糸がしゅるしゅると伸びてきた。徐々にスピードが上がり、ピューーッと軽やかな音まで聞こえた。

「えっ、何これっ？」

優太も諒も同じだった。勢いよく指先から吐き出された糸が、海風に揺らいで大きく膨らむ。

「どうなってんだっ？　なあ――」

諒がギョッとこちらを見た瞬間、彼の姿が消えた。指先から出続けた糸だけを残し、跡形もなく消えてしまう。

諒の名前を呼ぼうとした瞬間、「これって……」と言いかけた優太の姿も消える。

二人の糸が、風に飛ばされて浜を舞う。

秋だけが、間振島の砂浜に残された。

空から無数の糸が降りていた。降りてくるというより、世界を構成していた糸が解《ほど》けて崩れていくようだった。

「ふれる？　どうなってんだ……？」

糸はまだ秋と繋がっている。ということは、ふれると自分はまだ繋がっているということだ。

水しぶきの音がした。海面から糸の塊が姿を現し、空に向かって植物のように伸びていく。

秋から伸びる糸は、その先端と繋がっていた。

「……ふれる？」

空に向かって伸びる糸の塊の先端に、感情の読めない目が二つある。ビー玉みたいにクリッと光って、秋を見下ろしている。

「待って、どこ行くんだよ！」

一歩踏み出して、気づいた。

さっき、自分が諒と優太に、何と言ったか。

「さっきのは違うんだ！　ふれるがいらないってことじゃなくって！」

ふれるは何の反応も示さなかった。いつもみたいに体を震わせることも、秋の周りを跳ね回ることもない。

白く光る体毛を震わせたと思ったら、ぶわっと全身から糸を吐き出して、天高く昇っていく。

秋は自分から伸びる糸をぎゅっと摑《つか》んだ。頼むから、切れないで。祈りながらふれるの名を叫んだ。


指先に走った痛みに、秋は我に返った。

公園にいた。ベンチに座り込む自分の指先からは、細い糸が一本伸びていた。切れてない、俺とふれるを繋《つな》ぐ糸は、まだ切れてない。胸を撫《な》で下ろして、すぐに異変に気づいた。

糸が、空へ伸びている。

日の暮れかけた空に、糸が漂っていた。秋の糸だけではない。何本も何本も、空を覆う。

慌てて公園を飛び出した。空だけじゃない。路地にも、交差点にも、家と家の間にも、糸がふわふわと浮いている。

家の前の小道に諒と優太の姿を見つけて、秋は二人の名前を呼んだ。二人の周囲を漂う糸に触れた瞬間、声が聞こえた。

『秋、無事だった』『やっぱりさっきのは夢じゃなかった』『ふれるがいなくなった』『気がついたら玄関開いてて』『どうしよう』

「……触ってないのに、伝わってくる?」

糸を握り締めた掌《てのひら》を、秋はゆっくりと開いた。水中をたゆたうように糸が優雅に踊った。

「この、糸のせい?」

自分から伸びる糸を指さした秋に、諒と優太が「糸?」と首を傾げる。

「え、この糸、見えてないの?」

握り締めた糸を差し出すと、優太が怪訝《けげん》な顔で秋の手の周囲を探る。なのに、糸に触れない。秋は無言で息を呑《の》んだ。

風に揺れた糸が優太の指先と、諒の肩口に触れる。

二人の思考が、糸を伝って流れ込んでくる。

『糸?』『ふれるの中みたいな?』『どこに?』『まだふれるの中なのか?』『秋にだけ見える?』『糸ってなんだよ』

どうやら、本当に見えていないみたいだ。二人の体を糸から引き離し、何から話すべきか頭を抱えながら、順を追って二人に説明した。

その間に、側の電柱に設置された街灯の明かりがついた。薄暗い路地に光が差し、周囲を舞う糸が白く光った。

「つまり、秋にだけ見える糸がここらへんに漂ってて、それに触れると、ふれるみたいに他人と繋がるってこと？」

優太の言葉に、秋は「多分」と顰《しか》めっ面《つら》で頷《うなず》く。「なんでお前だけ」と諒が口をへの字にした。

「それより、ふれるは？　さっきいなくなったって……」

「ああ、気がついたときにはどこにも」

諒の言葉を蹴《け》り飛ばすように、路地の先から男の野太い声が飛んでくる。

「おいお前っ、喧嘩《けんか》売ってんのかこらぁ！」

学生風の若い男と、フードデリバリーのリュックを背負った自転車の男が、言い争っている。

「あれって、もしかして……」

二人は摑み合いまで始めた。「今、臭《くせ》えって言ったろ！」「言ってねえよ、耳腐ってんのか！」「今まさに汚《きたね》えって言ったじゃねえか！」「言ってねえよ、口動いてなかっただろ！」「聞こえたもんは聞こえたんだよ！」……二人の間を、一本の糸がつないでいる。

「ど、どうしよ、これもふれるの仕業ってこと？」

「どうするっていっても……」

「でもほら、監督責任とか」

諒と優太を横目に、秋は自分の手から伸びる糸を見つめた。

ぐん、と糸が引っ張られる。緩んだと思ったら、不規則にまた引っ張られる。

「ふれる……」

この糸の先に、ふれるがいる。街中を、糸を吐き出しながら駆け回っているのか。

糸の伸びる左手を握り込み、秋は走り出した。諒に名前を呼ばれる。優太が「だから体より先に口を動かしてよー！」と怒鳴った。

それでも、二人は走ってついて来てくれた。

「場所はわかってるんだろうな」

追いついた諒に問われる。無数の糸が漂う夜の街を睨《にら》みつけ、秋は大きく頷いた。

「俺には、まだ、見えてるから……！」

自分の糸を辿《たど》っていけば、そこにはきっと、ふれるがいる。

人通りの多い道に出ると、当然ながら糸にふれて繋がり合ってしまう人間も増えた。

あちこちで小競り合いが起きている。性別も年齢も立場も関係なく、口に出せない黒い感情が、お世辞の裏に隠した本音が伝わってしまう。

せめて、マイナスな感情だけでなく、好きとか愛してるとか、そんなプラスの感情を伝え合っている人間がどこかにいるといいのだけれど。

「なんかすごいことになってない？」

随分と後ろから優太の声がした。息を切らした諒が「だいたい、なんで逃げんだよ」と吐き捨てた。

「俺達がもういらないって思ったからじゃ？」

「だからって、こんな騒ぎ起こさなくても」

諒と優太のやり取りを聞きながら、秋は横断歩道を走り抜けた。汗を拭《ぬぐ》い、眉間《みけん》に皺《しわ》を寄せる。

「俺達が、島から連れ出したから……！」

吐き出したら、舌先に苦味が走った。ふれるは、間振島の神様だった。秋達が勝手に島から連れ出した。引っ越しの準備をする秋達の周りをぴょんぴょん跳ねていたふれるが、当然という顔で秋の鞄《かばん》に潜りこんだから。

ふれるは、俺と同じだ。島の外で一人になったら、どこにも行く場所がない。

「帰る場所がわかんなくって暴れてるってか？」

諒が投げかけてくる。そうなのだろうか。もし、そうなら——。

「わかんないけど！　追っかけるしかないでしょ」

優太の言う通りだ。糸の伸びる先を睨みつけ、秋はアスファルトを蹴った。

◆鴨沢樹里

奈南に着替えを届けたら、頭の包帯も頬のガーゼも取れて、ベッドの上で退屈そうにテレビを見ていた。

「なんか、外騒がしいけど」

奈南がふと窓の外を見る。

「ああ、なんかパトカーとか多かったかも」

駅前で酔っ払いが喧嘩でもしてるのかと思ったが、それにしてはパトカーのサイレンが多い気がする。

カーテン越しに外の様子を確認した樹里に、奈南が唐突に「なんかあった？」と聞いてきた。

んー、と曖昧《あいまい》な相槌《あいづち》を打ってしまった。

「諒君？」

「んー……」

「秋君に告白でもされた？」

うん、そうそう。なんて答えそうになって慌てて奈南を見る。

答え合わせになってしまった。奈南は樹里の顔を指さし、いたずらっぽく笑ってみせた。

「樹里、わかりやすいもん。顔に出てるよ」

「あー、奈南まで心が読めるとか言い出すかと思った」

「諒君が言ってたっていう、アレ？」

「そう。お互いの考えてることがわかるっていうキモい設定」

しかもそれを彼氏が大真面目に語るのだから、余計に。

「隠し事もできないとか、こわ〜」

苦笑する奈南を横目に、樹里は病室の壁にとんともたれ掛かった。

「まあ、本当にわかるんだったら、便利かもね」

「そりゃあ、便利だろうけど」

対人関係はものすごく楽になるのかもしれない。でも、その〈楽さ〉には〈怠惰〉や〈臆病《おくびょう》〉も混じっているような気がしてならなかった。

「わからないからこそ、考えて、想像して。人と人の関係って、そうやって続いていくもんじゃゃない？」

本当、その通りだ。面倒だし、厄介ないざこざやすれ違いも起こるけど。きっと、そこを便利な魔法でクリアしてはいけないのだ。

「考えすぎてこじらせちゃってストーカーになっちゃうやつもいるけど」

「今それやめて～」

両手で耳を塞《ふさ》いだ奈南が、サイドテーブルにだらりと突っ伏す。慌てて謝った樹里を、奈南はそっと見上げた。

「でも、そっか。秋君は樹里だったか」

力なく微笑んだ奈南に、少し迷って樹里は問いかけた。

「奈南は、秋君のどこがよかったの？」

「顔」

即答に咄嗟《とっさ》にリアクションできなかった。

「あと身長！」

たたみ掛けられて、我慢できず噴き出した。そうそう、奈南は昔からそうだった。

「ぶれないね～」

さて、あいつらは今頃どうしてるだろう。とりあえず奈南が退院して、三人が揃って頭を下げに来たら、私は許してやるとしよう。

奈南も、きっと同じ気持ちだろうから。

◆小野田秋

糸を辿って走っているうちに、見覚えのある道に出た。なんとなく、ふれるがいる場所が想像できた。

いつか、ふれるも連れてみんなでフリスビーをした区立公園を前に、秋は足を止めた。

「おい、秋、ついたのか？」

肩を上下させながら諒が追いついてくる。さらに遅れて、「ふれるの中じゃあんなに走れたのに……」と嘆きながら優太も追いついた。

「いや、ナイターの照明が」

公園内の野球場のナイター照明は点《つ》いていないのに、球場が明るいのだ。

野球場を取り囲むようにして建つ四つの照明塔にふれるの糸が大量に絡みついて橋を作り、グラウンドの中央で糸が巨大な塊になっている。

その塊が白く発光しているのだ。

糸すら見えない諒と優太が困惑する中、秋は再び走り出した。「おい、また勝手に！」と諒が怒鳴ったのに、足を止める。

一度だけ二人を振り返った。

「俺、まだふれると、ちゃんと話してない。諒と優太と話したみたいに。だから、手伝って！」

息を切らした二人が、互いの顔を見合わせた。ふふっと笑って、秋に駆け寄る。

「仕方ねえな！」

「次はもっと早く言ってよね！」

秋の肩を叩《たた》き、秋を追い越し、歩道橋の階段を駆け上がった。公園の敷地に入ると、犬の散歩をする二人組とすれ違った。

一人が、目眩《めまい》と頭痛がすると言って立ち止まる。「えー、大丈夫？」ともう一人が駆け寄って、犬は野球場の方に向かってしきりに吠《ほ》え続けていた。

嫌な予感がした。

「諒っ、止まって！」

前を行く諒に叫んだ。

振り返った諒の肩が強《こわ》ばる。「ぐっ！」と呻《うめ》いて、苦しそうに目を瞠《みは》った。

諒の体に、無数の糸が刺さっている。

公園の中はいたるところに糸が絡んでいた。外灯、水飲み場、ベンチ、花壇、遊歩道。糸は野球場の方からどんどん増え続ける。

恐らく、一度に大量の糸にふれると、人間には何かしらの影響が出るのだ。目眩と頭痛に始まり、諒のように体が動かなくなって苦しむ羽目になる。どうりで、公園の敷地に入ってから人がいないわけだ。

諒の体を糸から引き離し、糸を認識できる秋が先頭になって糸を避けながら進むことにした。できるだけ糸の少ない場所を、できるだけ糸に触れないように。

それでも糸に触れると指先に刺すような痛みが走った。構わず糸を摑《つか》み、諒と優太が通れる隙間を作ってやる。

何とか野球場まで辿《たど》り着くと、管理人室のドアが開いた。建物の中は糸がほとんど届いてないから、高齢の管理人は何食わぬ顔で「予約の人？」と首を傾げた。

「ここ、予約しないと使えないから」

管理人の言葉に、諒がさっと一歩前に出た。

「あ、そうなんですね！」

「今日はもう予約は埋まってるから、入らないでね」

諒が「どうするんだ」という視線を送ってくる。どうするも何も、ここで「そうですか、また来ます」なんて言えるわけがない。

正面突破してやろうと握り込んだ秋の拳《こぶし》を、諒が隣からそっと摑んだ。

「あーすみません、予約って、ここでできるんですか？」

「できるけど、今の時間ならネットの方が」

「初めてなんで、いろいろ教えてほしいんですよ」

営業スマイルを浮かべて気さくに話しかける諒に、管理人は「そう？　じゃあ、申請書が中にあるから」と管理人室に引っ込んだ。

振り返った諒が、無言でグラウンドを顎《あご》でしゃくった。

「ほら、今のうち」

優太に背中を押される。管理人室の様子を窺《うかが》いながら、秋はグラウンドに足を踏み入れた。ドアフェンスを跨《また》ぐときに思いきり頭をぶつけてとんでもない音が響いたが、不思議と痛みは感じなかった。体がそれどころじゃないと叫んでいた。

「ふれるは？」

優太が周囲を見回す。秋は無人のグラウンドの中央——その遥《はる》か上を指さした。

「あそこに」

「あそこって……空中？」

「ぶら下がってる」

無数の糸を繭のように絡ませ、ふれるはそこでじっとしていた。

「え、どうするの？」

秋は静かに頷《うなず》いた。自分の手から伸びる糸が、微《かす》かに揺れた。

「いや、うんじゃなくて……」

拳を握り込んだ秋の名前を優太が呼ぶ。「優太はここで待ってて。糸が多いから」と告げ、秋は誰もいないグラウンドを走った。

ふれるから目を離すことなく、照明塔の一つによじ登る。糸を掴むと、掌《てのひら》に痺《しび》れるような痛みが走った。糸を何本か束にして引っ張ると、意外と強度があった。痛みさえ我慢すれば、糸を伝ってふれるのもとへ行ける。

照明塔の梯子《はしご》をひたすら登る。下は見なかった。大丈夫だ。ふれるの中で空から落ちたのだから、それに比べたらたいした高さではない。

遠くから優太に名前を呼ばれた。「何やってんの！」と言われたのだと思う。気にせずひたすら登った。

塔に絡んだ糸が手に触れる。指先から胸のあたりへ、痛みが貫いていく。

こちら側の世界に戻ってくる直前、間振島の浜辺で自分とふれるをつなぐ糸に触れたとき、少しだけ、ふれるのこれまでが見えた。

ふれるは人と人の間にしかいられない。ただ繋《つな》げるだけ。

人間がふれるを必要としなくなったら別れ、また別の人間がふれるの力を必要とする。ずっとそれを繰り返してきたのが、間振島の神様・ふれるなのだ。

でも、そんなのは——。

照明塔の上部に辿り着いた。太い鉄柱に大量の糸が絡み、グラウンドの中央に浮かぶふれるへまっすぐ伸びている。

一本、また一本と、ふれるから糸が吐き出される。風に揺られた糸の繭がずるりと動き、小さな何かが力なく垂れ下がって風に揺れた。

ふれるだとすぐにわかって、秋は飛んだ。優太の悲鳴が聞こえた。一つの束を両手で摑み、グラウンドの中央を睨《にら》む。糸の束と共に体が激しく上下し、掌や腕に焼き切れるような痛みが走る。

優太に加えて、諒の叫び声が聞こえた気がする。彼らからはこちらはどう見えているのだろうか。秋が一人、無様に宙に浮いているのだろうか。

繭からまた一本、糸が吐き出される。白い光をまとって夜風に揺れる糸に、秋は息を呑《の》んだ。

糸の束にしがみつき、自分の手から伸びる糸をたぐり寄せ、ぐるぐると腕に巻きつけた。

ふれるの世界でどろどろの粘液から自分達を助けてくれたあの蜘蛛《くも》の糸のように、一本の短く拙《つたな》いロープを作る。

ロープを両手で握り締めて、ふれるへ続く糸の束に通した。糸と糸が擦《こす》れ合ってギリッと音を立て、秋の体は勢いよく糸を滑り降りていく。

ロープが軋《きし》んだ。照明塔に登る前に糸の強度は確かめたけれど、ふれるに辿り着くまでもってくれるか、全くわからない。

ただ、届いてくれと願いながら、力なく糸の繭から垂れ下がるふれるに向かって、飛んでいった。

「ふれるっ！」

叫んで、秋は糸の繭に飛び込んだ。ぶちぶちっと糸が切れる音と共に、何度もふれるを呼んだ。

ふれる、聞いて——と。

「俺はふれるの考えてることがわからない」

藻《も》掻《が》いて藻掻いて、少しずつふれるに近づいていく。痛みなんて、もうどうでもいい。

「ずっと考え続けるから。ふれるの力が必要なんじゃなくて、ふれるに側にいてほしいんだ！」

わかるだろっ？　声を張り上げたら、ふれるの体がまたずるっと繭からずり落ちた。

間に合ってくれ。頼むから、間に合ってくれ。

「ふれるには俺の気持ちが伝わってるんだもんな。あのとき、ふれるに出会えたこと、俺は本当に幸せだったたって思ってる」

お前は、どうだったのだろう。自分を必要とする人間を、お前はどれくらい待っていたのだろう。十年だろうか。百年だろうか。一体お前は、どれだけの歳月をあそこで一人で過ごしていたんだ。

俺と出会えて、お前は、ちゃんと幸せだったのだろうか。

「これからも、ずっと一緒にいたい。だから……！」

そのとき、真下から声がした。諒の声だった。

「そうだぞ、ふれる！　俺だって同じ気持ちだ！」

諒と優太が、グラウンドの中央からこちらを見上げている。

「それに、挨拶《あいさつ》もなしにお別れなんて許さないよ！」

優太の叫びに、「そうだ！」と絞り出した。

手を伸ばす。ふれるには届かない。でも、伸ばす。間振島でふれると初めて出会ったときの、あのビニールバケツの感触を思い出した。もぞもぞと動くバケツ。抱えると、行きより少しだけ重かった、あのバケツ。

「いなくならないでくれよっ……」

その瞬間、あれほど強固だった糸が緩んだ。ずるっ、ぶちっ、と湿った音を立てて、秋の体は空中に投げ出された。

ふれるに手を伸ばした。鋭い体毛に覆われたふれるの体は可哀想なほどに小さくなってしまっていた。

それでも、秋の手はふれるに届かない。

繭の下で力なく揺れる二つの目が、落下する秋を捉《とら》える。

感情の読めないビー玉みたいな目が、潮が満ちるみたいに潤んで、ぽたぽたと雫《しずく》をこぼした。

夜風に掻き消されることなく、ふれるの涙は秋の鼻先を濡《ぬ》らした。雫が弾《はじ》けて、目の前を金色に光りながら散っていく。

頭上を覆っていたふれるの糸が、白く瞬いて砕けた。ふれるの涙と同じ色に輝きながら、宙を舞って、消える。

自分に降り注ぐ光の一つに秋は手を伸ばした。ぎゅっと握り込んだ掌にほのかな温かさを感じながら、秋はゆっくりと落ちていった。

この光は、諒と優太には見えているだろうか。街を覆い尽くした糸も、光の粒に姿を変えたのだろうか。

みんな見ているだろうか。樹里は、奈南は、マスターは、逃走したきり行方不明の島田は、見ているだろうか。

目を開けると、夜空に星が浮かんでいた。

いや星じゃない。揺らめきながら光るそれは、ふれるの放った糸の欠片《かけら》だった。

「ん……んんっ？」

体の下が柔らかい。というか、生温かい。

しかも、秋の身じろぎに合わせて呻《うめ》き出す。

「おい、目ぇ覚めたならどいてくれ」

諒と優太が、秋の下敷きになって伸びていた。

「うあっ、ご、ごめん！」

足腰を押さえ、呻き声と悲鳴を上げながら二人は起き上がる。

「えっと、二人とも、ありがとう」

グラウンドにへたり込んだまま、秋は頭を下げた。照れくさそうに笑った二人が顔を見合わせる。ずれ落ちた眼鏡の位置を直し、優太が「いいよ」と微笑んだ。

「で？」

諒が首を傾げる。

「結局、言いたいこと、全部言えたのか？」

「あー……うん、言えたと思う」

間に合ってよかった。本当によかった。握り締めた拳《こぶし》を諒と優太の前に掲げ、そっと開く。

「どうだった？　ふれる」

秋の掌《てのひら》にすっぽり収まってしまうサイズの小さな綿毛が、もそもそと動いた。

「……はあっ？」

声を揃えて叫んだ諒と優太にひょいっと向き直った綿毛には、ふれると同じ、ビー玉みたいな二つの目がある。

「ちょ、どういうことっ？」

「それ、ふれるか？」

二人が這《は》い寄ってくる。秋の掌で夜風に揺れる綿毛を食い入るように見つめ、「えっ」「ええっ」と目を白黒させた。

遠くで管理人が「こらーっ！　だから勝手に入るなー！」と怒鳴るのが聞こえた。でも、グラウンドに飛び込んできたと思ったら、かすかに残った光の粒が風に舞うのを見上げ、あんぐりと口を開けた。

エピローグ

◆小野田秋

謝ることが多すぎた。

まず、BAR・とこしえの椅子で土下座をした。勝手な理由で五木の打診を断ったこと、突然バイトを辞めたこと。どちらもマスターは許してくれた。

しかも、

「五木さんの話も、まだ返事してないし」

なんて言って微笑んだ。

「ちゃんと理由を話して謝ってくれて嬉《うれ》しかったよ。ちょっと大人になったね」

マスターが何故か自分のことのように嬉しそうに言うものだから、照れてしばらく顔を上げられなかった。

諒は樹里にサプライズパーティやその後の騒ぎのことを謝り、優太は実習班のメンバーにサボったことを詫《わ》びた。それが功を奏したのだろうか。優太がいつの間にか彼らと仲良くなっていて、秋は心底驚いた。

個々の謝罪が済んだら、次は団体戦だ。

奈南と樹里が行きたがっていたスイーツビュッフェの店に二人を招待し、全員で奈南に平身低頭謝って、好きなだけケーキを食べてもらった。

「どうする？　許してあげる？」

意地の悪い笑みを浮かべる樹里の横で、奈南は困惑しながらもちゃんと秋達を許してくれた。

島田は、あの大騒動の夜に逮捕された。ホームレス状態で夜の街をうろついていたところを警察官に職質され、そのままお縄になったという。

すべてがちゃんと片付いて、秋達はあのオンボロ一軒家を引き払うことにした。

＊

自分の荷物を詰め込んだ段ボール箱に貼られた送付状をしっかり確認して、秋はバックパックを背負った。

段ボール箱の上にいた白い綿毛――すっかり小さくなってしまったふれるが、ぴょんぴょんと器用に秋の肩に飛び乗った。この姿になって以来、すっかりここがふれるの定位置になっていた。

住人のいなくなった家は、ガランと寒々しかった。三人分の荷物で溢《あふ》れていたのに、優太が引っ越し、諒が引っ越し、秋のわずかな荷物もなくなると、こんなに広い家だったのかとしみじみ思う。

台所の窓ガラスから、昼間の暖かな日差しが入ってくる。豆苗《とうみょう》や小松菜を育てていた窓辺も、秋が毎日のように使ったコンロもシンクも、綺麗《きれい》に磨き上げられている。

樹里と奈南がいるときは五枚の座布団が並んでいた居間も、自然光の下で畳がどことなく寂しそうだった。

「あれ、もう出るの？」

段ボール箱を抱えて玄関を出ると、家の前の小道で諒が手を振った。やや遅れて、

「手伝いに来たのに」と優太がひょこっと顔を出す。

「そんなに荷物ないよ」

諒と優太が先に引っ越したから、自分の荷物の少なさに逆にびっくりしてしまったくらいだ。

「まさか、秋が最後なんてね」

「二人が新しい部屋見つけるの早すぎなんだよ。急ぐ必要ないのに」

「不動産屋舐《な》めんなよ？」

諒のドヤ顔も大袈裟《おおげさ》ではなく、秋が五木の誘いにのって伊豆《いず》のレストランで働くことを決めた直後、一週間と経たず諒は自分と優太の新居を見つけてきた。

「まあ、家賃も上がるところだったし、いいタイミングだったんじゃない？」

優太が慣れ親しんだ我が家を見上げる。秋も諒も、黙って同じようにした。

ふれるも、秋達と同じように家を見上げている。

「そろそろ行くよ」

バックパックを背負い直すと、諒が「アレやろうぜ」と左手をすっと差し出した。

「ほら、手ぇ出せよ」

ふっと笑って、秋は段ボール箱を足元に置いた。右手を差し出す。優太も差し出す。

最後に諒が掌を重ね合わせて——と思いきや、こちらの手をパァン！　と思いきり叩《たた》いた。

「痛っ！　何すんだよ、もう～」

「気合い入れてやったんだろ」

加減ってもんがあるだろ！　と迫る優太を、ゲラゲラ笑う諒。赤くなった掌を見つめて、秋は噴き出した。

「秋も、なに笑ってんの！」

構わず笑った。

小さくなったふれるには、もう前のような力はなかった。秋が諒や優太といくら手を繋《つな》ごうと、もうなんの声も聞こえない。

けれど、それでも、俺達はちゃんとこれからも――。

「じゃあ行くか、ふれる」

段ボール箱を抱え、肩に乗るふれるを見下ろす。嬉しそうにぴょんと跳ねたふれるに、優太が手を振った。

「じゃあね、ふれる、秋」

「またな」

諒の別れはさっぱりとしていた。駅まで見送って涙ながらに別れることもない。明日《あした》も普通に顔を合わせて朝食を食べるかのような、そんな雰囲気だった。

友達っていうのは、案外、そういうものなのだと思う。

「うん、また」

二人に別れを告げ、秋は一人、駅へ向かって歩き出した。

三人で楽しく暮らした秘密基地のような家を出て、一人で歩いていく。

でも、それは決して一人ぼっちの道のりではない。

本書は、映画「ふれる。」をもとに書き下ろしたノベライズです。

小説《しょうせつ》 ふれる。

著／額賀《ぬかが》 澪《みお》 原作／映画《えいが》「ふれる。」

令和6年 9月25日 初版発行

発行者●山下直久

発行●株式会社KADOKAWA
〒102-8177 東京都千代田区富士見2-13-3
電話 0570-002-301（ナビダイヤル）

角川文庫 24270

印刷所●株式会社暁印刷
製本所●本間製本株式会社

表紙画●和田三造

ISBN 978-4-04-114853-2 C0193

角川文庫発刊に際して

角川源義

第二次世界大戦の敗北は、軍事力の敗北であった以上に、私たちの若い文化力の敗退であった。私たちの文化が戦争に対して如何に無力であり、単なるあだ花に過ぎなかったかを、私たちは身を以て体験し痛感した。西洋近代文化の摂取にとって、明治以後八十年の歳月は決して短かすぎたとは言えない。にもかかわらず、近代文化の伝統を確立し、自由な批判と柔軟な良識に富む文化層として自らを形成することに私たちは失敗して来た。そしてこれは、各層への文化の普及滲透を任務とする出版人の責任でもあった。

一九四五年以来、私たちは再び振出しに戻り、第一歩から踏み出すことを余儀なくされた。これは大きな不幸ではあるが、反面、これまでの混沌・未熟・歪曲の中にあった我が国の文化に秩序と確たる基礎を齎らすためには絶好の機会でもある。角川書店は、このような祖国の文化的危機にあたり、微力をも顧みず再建の礎石たるべき抱負と決意とをもって出発したが、ここに創立以来の念願を果すべく角川文庫を発刊する。これまで刊行されたあらゆる全集叢書文庫類の長所と短所とを検討し、古今東西の不朽の典籍を、良心的編集のもとに、廉価に、そして書架にふさわしい美本として、多くのひとびとに提供しようとする。しかし私たちは徒らに百科全書的な知識のジレッタントを作ることを目的とせず、あくまで祖国の文化に秩序と再建への道を示し、この文庫を角川書店の栄ある事業として、今後永久に継続発展せしめ、学芸と教養との殿堂として大成せんことを期したい。多くの読書子の愛情ある忠言と支持とによって、この希望と抱負とを完遂せしめられんことを願う。

一九四九年五月三日